半分生きて、半分死んでいる

養老孟司
Yoro Takeshi

PHP新書

まえがき

この本は雑誌『Ｖｏｉｃｅ』に連載した文章をまとめたものである。それに連載の終了にあたって書いた「『平成』を振り返る」、さらに全体の総論を付け加えてある。

雑誌の連載だったから、その時々のできごとに触れたものが多い。ただし私は政治が好きではない。小学生のときに『十八史略』を白文で読まされた。子どものころだから、書き出しの部分は暗記してしまった。始まりは帝堯《ぎょう》の治世である。ここに鼓腹撃《こふくげき》壌《じょう》の逸話が述べられている。堯は自分の政治がうまくいっているのかどうか、はっきりわからない。いろいろな人に尋ねてみるが、いま一つ、はっきりしない。郊外に出てみると、百姓の爺さんが畑を耕しながら、「帝力何ぞ我にあらん」と歌っている。堯はこれを聞いて、自分の政治がうまくいっていると思い、安心して帰る。

なんのことやら、と思う人も多いかもしれない。要するに政治に関係なく庶民が暮らしていければ、それが理想的な政治、世の中だという話である。農民は腹鼓《はらつづみ》を打って、地面を耕している。平穏無事ではないか。皇帝の権力なんて、俺にはなんの関係もない。

いまはメディアが発達した。だから政治も年中コマーシャルをやらなければならない。それでないと、政治なんかいらないと言われてしまう可能性がある。だからトランプ大統領はツイッターを使う。それだけではない。北朝鮮みたいに、ほとんど広告塔というしかない政権もある。ああいうものがあって、核だミサイルだという。そうなると、政治の出番だということになる。要するに「政治は必要ですよ」というコマーシャルをおたがいにやっている。政治が徹底的に優位を占めている北朝鮮では、庶民は鼓腹撃壌どころではない。脱北してきた兵士が、フツーの兵隊は米も食べられない、と言っていた。

べつにコマーシャルがいけないと言っているのではない。でも私は小学生時代から鼓腹撃壌なのである。天下国家には関係がない方が無難だ。そう思うようになってしまった。歴史の本が鼓腹撃壌から始まる文化の国も、政治ばかりが話題になる。でも庶民の多くは鼓腹撃壌が理想に違いない。私はそう思っている。

そういう人が時評を書くんだから、そのつもりで読んでいただければ幸いである。

タイトルが変だと思う人もあるかもしれない。その理由は中に書いてある。若者によっては、私はもう死んでいると思っているらしい。まあ、別にそれでもいいわけで、半分死んでいるということになった。

半分生きて、半分死んでいる

目次

第一章 どん底に落ちたら、掘れ

第二章

社会脳と非社会脳の相克

第三章　口だけで大臣をやっているから、口だけで首になる

第四章　半分生きて、半分死んでいる

第五章 「平成」を振り返る

第一章

どん底に落ちたら、掘れ

明治神宮の森（写真提供：時事通信フォト）

ローカルがグローバルになる

十年ほど前から、時事に関する連載をやめてきた。歳だから、もういい。そう思ったからである。どうせボケた話になるに決まっている。

でもあらためて頼まれてみると、まんざらでもない。これが年寄りの悪い癖である。まだ捨てたものじゃない。そう思って、よせばいいのに、つい引き受ける。自分は苦労するし、読者は迷惑する。

でも引き受けた以上は、と思い直す。世の中、老人がどんどん増える。それなら現今の世情について、老人としての反応を書くことに、それなりの意味があるのではないか。世間の移り変わりを見てきたから、過去と現在を比べてみることもできる。こればかりは若い者にはできないだろう。心の中でそう威張ってみる。それでうまくいくかどうか、やってみなければわからない。

この数年、経済の話が面白い。そう思うようになった。きっかけは二〇一〇年の藻谷《もたに》浩介『デフレの正体』（角川ｏｎｅテーマ21）だったと思う。引き続くデフレを労働生産人口の減少という一事で割り切ってしまった。ややこしい経済が一言で尽くせるわけはない。そう批判されて当然だが、きちんとデータを示して、具体的に論じたところに強い説得力があった。年寄りばかり増えて、その年寄りがお金を持っているんだから、消費が進むはずがない。私は経済はズブの素人だから、その程度の認識。その後、同じ著者の『里山資本主義』（同上）が出て具体的提言になった。

二〇一四年には水野和夫『資本主義の終焉と歴史の危機』（集英社新書）が出た。二〇一二年の『世界経済の大潮流』（太田出版）に引き続き、主旨は同じである。銀行預金に利息が付かない。いくら私でもそれは知っている。しかしその意味が不明だった。たんに景気が悪いからかと思っていた。何も考えていないという、素人の典型である。

資本があっても、利潤を生まない。資本主義は終わりだ。なんともわかりやすい。だからバブルが来てはそのうちはじける。それを繰り返す。そういう世界になる。アメリカ国内を回っているドルの数倍のドルが世界を回っている。そういう話は聞いたことがある。その意味も少しわかってきた。

預金にまあまあの利息が付いたのは、いつまでだっただろうか。床屋に行って話題にしてみた。「平成四年には五年定期で六・八％付きましたよ。それは覚えてます」。それが床屋の答えだった。失われた二十年とは、こういうことだったか。私は生まれてこの方、利息をアテにしたことがない。だから、まったく記憶がないのである。

その次が冨山和彦『なぜローカル経済から日本は甦るのか』（ＰＨＰ新書）。まずびっくりしたのが、上場企業がＧＤＰに占める比率である。三割くらい。近くの庶民、フツーの人に訊《き》いてみたが、正解する人はない。日常自分が使うお金の割合を考えてみると、いわれてみればそうだという気もする。車を買ったり、家を建てたりするときの支出が膨大だから、大企業にお金を払っているような気がするが、均《なら》してみれば月々のローン程度の額であろう。著者はローカルとグローバルを対比する。私にはそこがなんともピンときた。私の人生そのものだったからである。

私は基礎医学の研究者として出発したが、あるときから英語で論文を書くのをやめてしまった。その代わり日本語で単行本を書く。これである。つまり学界の常識はグローバル一本槍で、ノーベル賞が、経済でいえばウォール街での大成功。それが日本語じゃあ、どうにもならない。学界が認定する業績にならない。経済でいうなら統計にも載せてもらえない。ローカルもいいところ。でもそれで三十年頑張ったら、日本語のマーケットで大きなシェアが取れた。『バカの壁』シリーズは総計六〇〇万部、冊数では日本で過去に出版された本のベスト・テンに入る。もうこれ以上は伸びないはずである。

その体験は、経済でのローカルとグローバルの関係に相通じる。冨山さんはグローバルとローカルでは法則が違うと説く。そのとおりだと思う。頭の中がグローバルの人に向かってローカルを説いてもダメ。学界に向かって「私のやっていることも科学だし、学問だと認めろ」といってもムダ。自分の仕事をひたすらやるしかない。

ローカルがグローバルになるか。私はなると信じている。だからいわばローカルに徹した。ところが「ローカルが上に伸びたらグローバルになる」と多くの人は考えるに違いない。でも法則が違うのだから、そうはならない。逆にローカルの底を突き抜けると、グローバルになる。イタリア人は「どん底に落ちたら、掘れ」という。基礎の学問の真の意味とは、それであろう。

煮詰まっている現代人

銀行預金に利息が付かないのは、実体経済に発展の余地がなくなったから。水野和夫氏はそういう。虚構の経済でも、金融が行くところまで行ったことは、リーマン・ショックが示している。要するに経済全体が煮詰まった。

話は経済に限らない。アルコール抜きのビールは普通。カフェイン抜きのコーヒーもあるらしい。煙の出ないタバコ。飛行機内ではこれもダメという噂がある。嗜好品《しこうひん》の形式だけ残して実体が消えた。そういうものまで商品になる。煮詰まったというしかあるまい。

安倍首相は憲法を改正したいらしい。いまの憲法下では、安全保障をめぐる議論も煮詰まったからであろう。防衛行動は実体だが、法律は形式である。形式をいじるようになるのは、煮詰まった証拠だと私は思う。実質が本当に問題なときは、形式は無視されるのが普通だからである。形式を変えるなら事後的に変えればいい。いざというときには形式の議論なんかしていられない。酒が手に入らないなら、アルコールさえ入っていれば、ロシア人なら化粧水でも飲む。

前世紀の末に『科学の終焉《おわり》』という本が出た。アメリカ人の科学ジャーナリストが、世界中の著名な科学者にインタビューして「科学はすべてを解明すると思いますか」と訊いた。むろん、ほとんどの科学者が「解明しない」と答えた。そのころまでにはカオスが発見され、方程式が書けて論理的には完全にわかっているのに、結果が予測できない系があることがわかった。素粒子の理論も行くところまで行って、理論を実験的に証明するには、地球の軌道規模の大きさの加速器が必要だという話を聞いたこともある。つまり前世紀末にはどうやら基礎科学が煮詰まった。

応用は基礎より幅が広いから、いまでは科学技術が中心になった。思えばこのところ日本人のノーベル賞受賞が多い。それも基礎研究ではなく主に科学技術である。青色LED（発光ダイオード）が典型であろう。意地悪く考えると、世界を見渡したところ科学技術の研究にお金と知恵を出す余裕がまだあるのは日本で、それなら技術研究は日本にやらせてやれ。ノーベル賞委員会がそう思っている節がないか。その技術もiPS細胞からどんどん逸脱して、とうとう小保方《おぼかた》問題に至った。分野が多彩で、あっちにもこっちにもやることがたくさんある。そういう状況なら、一定領域に研究費が集中し、挙げ句の果てにはウソまで生じるというようなことはない。やっぱり技術も煮詰まってきたか。

その技術大国日本では、原発が要るのか要らないのか、議論が動かない。まったくどうするんだろ。煮詰まったら普通は別のほうに行けばいいのだが、原発ばかりはそうもいかない。放置しておくこともできない。典型的に煮詰まったまま。

どうして、あちこち煮詰まってばかりいるのか。なにより情報化が大きいであろう。何事であれ、一瞬で世界に伝わる。それなら儲かること、面白いことは、アッという間に広がる。すぐに行くところまで行って煮詰まる。順列組み合わせはものすごい数があるから多様に見えるが、見ようによっては同じ事の繰り返し。アルファベットで書かれた本は理論的にはすべてが既知《きち》である。ボルヘスの「バベルの図書館」である。英文なら二六文字を組み合わせればいいからである。ピリオドやコンマ、空白も要るけど。それなら書籍は論理的にはとうに煮詰まっている。

頭の中はすぐに煮詰まる。意識は煮詰まるものなのである。なにしろ脳は平均一三五〇g、その中をいくら走り回ったところで、高が知れている。その中身を訂正してくれるのは外界である。その外界は感覚を通して捉えるしかない。現代人がそれをいかに嫌うか。生活を見ればわかる。部屋は冷暖房、照明は人工、トイレは水洗、オフィス・ビルにいれば環境がいっさい変化しない。風も吹かなきゃ、お日様の動きもない。見ているものといえばスマホ、テレビ、パソコンの画面。目の前で光がチラチラしているだけ。

いちばん煮詰まった感じがするのは、人口減少と高齢化であろう。意識的にはよくわからない理由で人が減る。誰が号令をかけたというわけでもないのに、ひたすら減り続ける。無意識に煮詰まったことがわかっているから、ヒトが減るんだろうなあ。アメリカではとうの昔に西部がなくなった。西部劇すらない。月に行ってみたものの、開墾して月で暮らせるわけもない。もともとヒトは地球の生態系の一部である。お腹のなかには一〇〇兆の細菌が棲んでいる。地球の生態系からヒトだけ千切れて飛んで行っても意味がない。宇宙を考えるなら、自分を地球の一部分として見なくてはいけない。その意味では環境なんてない。自分と環境のあいだに切れ目はないからである。

そう思えば、べつに煮詰まったわけでもないかもしれない。もともとこうだったのに、意識があれこれ目移りしていただけのこと。あらためて脚下《きやつか》照顧《しようこ》ということか。

人文学で何を教えるか

いるのか、いらないのか。長年私は不用なことをやってきたから、自分自身を不用な存在だと思っている。

現役のときの専門は解剖学だった。でも解剖なんていらない。死んだ人を診て医療の役に立つはずがない。江戸時代の中頃、解剖というものが始まったときに、すでにそういう批判があった。ビックリすることを「肝がデングリかえる」という。それなら内臓の位置ですら、生きているときと死んでいるときでは、違っているかもしれないじゃないか。生きている人を診るのが医者の仕事だ。当時は真面目にそんな議論をしていたのである。

国立大学の人文・社会学は縮小したほうがいい。文部科学省がそういう通達を出したらしい。その言い分がわからないわけではない。弱小の私立大学を見てみればわかる。人文系の学科に学生が集まらない。うっかりすると定員割れになる。そもそも就職先がない。つまり世間がそういう学問の必要性をあまり感じていない。ところがとくに古い、つまり伝統のある大学では、学科や学部は祖先の墓みたいなもので、なかなか潰せない。いらないいんだから、削ったら。文科省はそう勧めたのであろう。

それをいうなら、いちばんいらないのは文科省かもしれない。大学人には、ときどきそれをいう人がある。文科省があるのはもともと義務教育があるからで、大学はフロクである。とくに昔は大学出は少なかった。大学なんてなくたって、本当に必要なら民間がやるに違いない。ハーヴァード大学だって私立である。ドイツならほぼすべて国立大学で、どっちがいいかといって、大差はないであろう。昔風にいうなら「遅れた国」では大学が国立なのである。

どうすればいいのか。もう何年も前の話になる。東大の総長が小宮山宏さんだったときに、プリンストン大学に相当するような、高度の人文学研究所を東大に創りたいといわれた。ロートルの名誉教授が私を含めて三人呼ばれて、企画に関わった。でも出来上がる前に、残念ながら流産してしまった。あれはちゃんと実現しておくべきだったなあ。いまでもそう思う。

私が現役のころ、学部長がすべて出席する入試の会議で、工学部長が立ち上がっていったことがある。「国語をなんとかしてくれ」。国語なんて、入試から外せ。工学部長なんだから、そういったのだろうと思われるかもしれない。物理と数学ができれば十分だ。そうではない。東大の入試を通って入ってくる理科系の学生の国語力が低すぎる、普通の文章もちゃんと書けない。そういう趣旨の発言だったのである。

学科を縮小しようが拡大しようが、そんなことはじつはどうでもいい。問題は当該の学問に従事する人たちのやる気であろう。司馬遼太郎の作品が有名になったころ、大学で私の恩師がいったことがある。小説家が書く歴史のほうが面白いねえ。学問は面白ければいいというものではない。そんなことはよくわかっている先生だった。司馬遼太郎は『坂の上の雲』を執筆しているあいだ、大阪の街を顔を上げて歩けなかったと書いている。資料の収集、読み込み、執筆に集中して、当然の義理をいくつも欠いたからだ。そう述べていたはずである。

そもそも人文・社会学系の学科で「何を教える」のか。日本の大学で教えないものがある。それは考える方法である。それをいうと、すぐに「それは哲学でしょう」といわれてしまう。縦割りの弊害ですなあ。言葉を使って考える。それが人文・社会学の基本のはずである。それを学生に叩き込んでいない。だから卒業しても役に立たない。

いまの学生に「やり方」を教えるのは難しい。受け取るほうがすぐにそれをノウハウ、マニュアルだと思ってしまうからである。まして「考え方」などというと、なんだそりゃ、と思うに違いない。教育を受けていないんだから、それで当然であろう。歴史学、法学、経済学などというと、「それについて勉強するんだ」と頭から信じている。

私は時に解剖学者を自称する。自宅で解剖をしているわけではない。解剖という学問なんて「ない」。ゆえに解剖学者もない。解剖はあくまでも方法である。方法が身に付けば、比喩的には日本経済だって永田町だって解剖できるのである。

たぶん哲学科の中に、歴史も法学も経済学も含めていいのであろう。哲学自身を学ぶことを哲学だと思っているから、哲学なんかいらない、といわれてしまう。一文にもならないじゃないか。でも、ソクラテスはアテネの民衆から死刑を宣告された。哲学はそこまで社会的な力があるのだが、いまでは哲学者自体がそう思っていないであろう。死刑になってはたまらないからね。

禁煙主義者として

厚労省によれば、間接喫煙によって死亡する人の総数は年に一万五〇〇〇人と推定される。交通事故による死亡者の三倍だという。

現代の科学は大したものである。タバコを吸っている本人よりも、周囲の人に大害があることが、はっきり示された。しかも死ぬ人の人数まで明確となった。いずれは誰が間接喫煙の犠牲者か、個人の特定ができる時代が来るかもしれない。私は専門家ではないから、どういう調査をした結果なのか、それは知らない。しかし厚労省関係の発表だから、国がお金をかけ、専門家がきちんと調査した結果に違いあるまい。それに対して個人が異論を唱えることなど、到底できない。個人にはそれだけのお金も暇もない。

こうした結果が出せるということは、その裏にタバコは健康に有害だという固い信念があるはずである。喫煙の害については、ほとんどの人に異論はあるまい。その信念のもとに、公共のお金を使い、誠心誠意の調査がなされたのだと信ずる。科学上の真理といえども、強い信念によって裏付けられなければ、人々の役に立つような立派な成果は生まれない。その典型的な事例といえよう。

すでに世界では五〇に近い国が屋内禁煙を実施しているという。日本はご存じのように世界でも屈指の先進国であり、ブータンですら国内禁煙なのだから、先進国としてのわが国で禁煙が進まないのは恥ずべきことである。次回のオリンピックは東京で開かれる。その東京がタバコの煙だらけで、間接喫煙の害を観光客が被《こうむ》る。そうした指摘が外国人からあれば、まさしく国辱であろう。仮の話だが、偉大なる我らが首領様が統治される隣国でオリンピックが行なわれるとしたら、鶴の一声、たちまち全国禁煙が実施されるに違いない。違反者は察するに公開処刑か。世界で初めて国家規模で禁煙を普及させようとしたのは、かのヒットラー総統である。ユダヤ人を六〇〇万人殺す代わりに、間接喫煙の被害者を減らそうとした先見の明に、あえて敬意を表さざるをえない。

クリントン政権で副大統領を務めたアル・ゴア氏は『不都合な真実』を著し、ノーベル平和賞に輝いた。本書の前半は炭酸ガスによる人為的温暖化であり、後半は姉さんが喫煙者だったため肺ガンで死亡したという悲劇から、強く禁煙を主張したものである。

むろん姉さんの肺ガンが喫煙のためだという根拠も「医者がそういったから」と正確に指摘されている。このあとのブッシュ政権はご存じのとおり、大量破壊兵器の存在とアルカイダとの関係を根拠にフセイン政権を抹殺した。のちにどちらも真っ赤なウソだったと判明したが、正しい政治目的の実現のためには多少のウソはやむをえないのである。

大東亜戦争はわが国の敗北に終わった。私の世代は「物量に負けた」と聞いて育った。先年の報道によれば、ビル・ゲイツ氏とニューヨーク市長が禁煙運動に五億ドルを拠出したという。これだけの物量（金量）があれば、神風を繰り出しても勝てるはずはない。禁煙、喫煙の勝敗の帰趨《きすう》は、タバコの火を見るより明らかであろう。若い世代はご存じないと思うが、私の若いころには恩賜《おんし》の煙草があり、畏れ多くも天皇陛下から下賜された。「恩賜の煙草をいただいて、明日は死ぬぞと決めた夜は」と、子ども時代にはよく歌ったものである。当時からタバコを吸ったら明日は死ぬ、とわかっていたのである。

政治的指導者でいえば、ヒットラー、ムッソリーニは喫煙者ではなかった。チャーチル、ルーズベルトは喫煙者である。察するにドナルド・トランプ氏は禁煙主義者に違いあるまい。演説が上手なところもよく似ている。そのトランプ氏に人気があることは、現代社会の趨勢《すうせい》をよく物語っている。

タバコのように有害無益なものを、政府は放置している。それどころか、高いタバコ税を取る。そのため喫煙者は、自分たちは高い税金を払っているのだからと称し、厚顔にも人前でタバコを吸う。厚労省も政府のうちだと思うが、なぜタバコを禁止するように提案しないのか。タバコは麻薬と同じで習慣性があり、人は習慣性のあるものに対して弱い。他に習慣性のあるものといえば、古来からある飲酒、読書、賭け事などにとどまらず、現在ではメール、ケータイ、フェイスブック、ライン、ゲームなど、さまざまなものが挙げられる。厚労省はこうした行為についても、健康上の問題を精査し、もし有害と見なされれば、国策として取り締まりを強化すべきであろう。

近年は分煙が進んだ。あちこちに喫煙所が設けられ、喫煙者はそこでタバコを吸う。狭い空間に大勢の人が入るため、喫煙所の中は火事場のように煙がもうもうと立ち込めている。あの人たちは自分で吸うだけではなく、他の喫煙者の煙をイヤというほど吸い込んでいるはずだから、間接喫煙の常習者であろう。したがってこの状況を続けるなら、間接喫煙により、多くの喫煙者はやがて間違いなく死亡すると思われる。今回の調査結果を踏まえ、あえてタバコを禁止するより、現在のような形で喫煙者をどんどん殺してしまったほうが、根本的解決としては早道ではないか。厚労省の本音はそのあたりか、と愚考する。

私は禁煙主義者で、ゆえに日に数十回、禁煙している。タバコを止《や》める快感というのがあって、それに引きずられてしまうらしい。それでもまだ足りないのか、最近は禁煙の回数がさらに増えたような気がする。禁煙にも習慣性があり、いったん始めると、やめられなくなる傾向がある。念のためだが、とりあえずタバコを吸わないと、禁煙はできない。迂闊《うかつ》な話だが、喫煙だけではなく、禁煙にも習慣性があるとは気が付かなかった。それで国際禁煙週間というものができて、毎年行事が行なわれるのであろう。国際的にも禁煙は習慣化したのである。

永遠の杜

今回は都知事選について書こうと思った。でも、書いた原稿が気に入らない。気分が暗くなる。何度か書き直したが、結局原稿は没。石原、猪瀬、舛添、小池、思い出してみれば、どなたにも直接にお会いしたことがある。知人の悪口は言いたくない。悪口を言うほどの深い関わりもない。急に思い出したが、美濃部亮吉の娙御さんが先日亡くなった。私の大学時代の同級生である。美濃部って誰？　そう思った人はまだ若い。

やっぱり森がいい。だから「永遠の杜《もり》」について書く。これは明治神宮の森である。「永遠の杜」とは、この森を計画実施した本多静六の表現である。大正年間に明治天皇を記念して神宮の建設が行なわれた。同時にこの森が創られた。当時この地はほとんど木の生えていない、草原のような状況だったらしい。写真が残っているから、それとわかる。

「永遠の杜」が生まれたいきさつは、ＮＨＫスペシャルの番組報道があったから、ご存じの方も多いかと思う。この番組には長短二つがあって、短いほうは不肖私が案内役になり、森の創建のいきさつが中心となっている。長いほうは、その前二年間で行なわれた生物調査の結果に中心を置き、クモやらダニやらヘビやら、あるいはキノコや粘菌（変形菌）などを含む、森のなかの生き物たちと、それを調べる動植物の専門家たちの生態？が丁寧に紹介されている。ディレクターはフリーの伊藤弥寿彦《やすひこ》氏で、虫好きなナチュラリスト。そういう人でなければこんな番組は作らない。余計なことだが、伊藤は、㈱環境指標生物の伊藤で、ヤスヒコさんは曾孫。生物調査の具体的なあれこれを請け負ったのは伊藤博文の伊藤で、ヤスヒコさんは曾孫。生物調査の具体的なあれこれを請け負ったのは、㈱環境指標生物の新里達也氏。新里氏は知る人ぞ知るカミキリムシの専門家。二〇一六年八月に明治神宮で行なわれた「不思議の森に集う。」という一般向けの集まりでは、新里氏の所属は「カミキリムシ」となっていた。

創建当時、全国から一〇万本の樹木が献木された。現在は三万六〇〇〇本に減っている。それは当然で、木が大きくなって、その分滅びる木が出てくるからである。自然に間引かれてしまう。神宮の創建には政府の意向も大きく関与したであろうが、森はまさに草莽《そうもう》の民の志による。この森の特徴の第一はここにあると思う。戦後風にいえば「民主的」な森である。しかもその後の推移は、まったくの自然に任されている。木々の自由競争といってもいい。東京に森ができるとしたら、こんな森ですよ。現在の神宮の森はそれを如実《にょじつ》に示している。

もう一つの特徴は、この森がまったくの人工林だということである。人工でも百年経《た》てばここまでになる。世界自然遺産に代表されるように、自然といえば、いまはまず「人手が入っていない」ことが注目される。しかし人跡未踏ということは、人間には無関係だということでもある。世界がここまで都市化してしまった現在、人工林の育成という課題はきわめて重い。たとえば中国の未来をお考えいただきたい。黄砂は日本にも大量に降ってくる。余計なお世話といわれるに違いないが、中国は尖閣より神宮の森に注目すべきであろう。広い中国に空き地がないはずがなく、そこに植樹する力が北京政府にないはずがない。あとは百年を待てばいい。日本人のヴォランティアが中国に植樹していると聞いているが、根本的にはご本人が本気にならなきゃ、埒《らち》が明かない。

神宮に行ってみると、とにかく人の多いこと。それも日本人だけではない。欧米人から中国人まで、なにを思っているのか知らないが、ブラブラと散歩している。次の東京オリンピックには、さらに大勢のお客さんが来るであろう。人は森に入りたがるものなのである。明治神宮が主催し、進士五十八《しんじいそや》（福井県立大学長）氏を長に、伊藤氏、新里氏らが中心となって行なった生物調査の結果は、その人たちへの案内として大いに役立つはずである。神域にあえて調査の入ることを許した神宮の英断を称えたい。

「自然を守る」という標語は世界中に広がっている。しかしいったい「なにを守っているのか」。それを意識する人はほとんどいない。「虫を捕るな」などというだけである。神宮の森に科学の調査が入り、そこの生態系について基礎的な事実がわかっているのは、都民が誇るべきことであろう。仮に外国人から森についての質問があれば、詳細な説明が可能となっている。胸を張って答えていい。猪瀬―舛添―小池と、都知事を野球の投手みたいに途中交代させ、選挙に毎回五〇億円をかける。でも動植物の各分野の専門家は、ほとんど無報酬で黙々と働く。仕事が好きですからね。

ところで、なぜ神宮に森まであるのか。進士氏はいわれる。「ドイツにも森はあるけど、神社はないよ」。そのとおり。いわば神社と寺院のおかげで、多くの日本の森が維持されてきた。社叢林《しゃそうりん》という成語があるくらいである。聞く耳さえあれば、森は人に何か大切なことを語りかける。それは言葉ではない。その一端に触れたければ、伊藤弥寿彦・佐藤岳彦『生命の森 明治神宮』（講談社）を見ていただくといい。ほとんど一日中、スマホを見ている現代人には、同時に森を見ることが必須なのである。だからこそ、神宮におびただしい数の人が集まる。「空き地があるから、ビルでも建てようか」。そういう人には、ぜひ神宮の森を訪れていただきたいと思う。でも北京政府と同じで、聞く耳がないか。そう思わないでもないが。

発展祈り業

文化庁長官だった河合隼雄《かわいはやお》さんに聞いたことがある。「文化庁長官って、何をするんですか」。「べつに何ということはありません。発展祈り業ですわ」。もちろん、そんな業種はない。河合さんらしい冗談である。

先日、ある大学で学部新設の記念シンポジウムがあった。最初は学長さんと教育長さんのご挨拶。お二人とも、挨拶の最後はたしかに「新学部の今後のご発展をお祈り申し上げます」だった。ああ、あの方たちもやっぱり「発展祈り業」なんだ。お祈りをするのだから、その相手はむろん神様仏様ということになる。そうか、現代でもやっぱり、偉い人は神頼みなんだなあ。ところが国連の調査によると、日本は世界でもっとも「世俗的な」社会だそうである。どういう調査をしたか、私は知らない。しかし社会のリーダーたちがそろって神頼みなんだと思うと、国連の結論にはいささかの違和感がある。そう感じるへそ曲がりは、私だけか？

学校の先生方の集まりがあって、講演を依頼された。当日、控室で講演時間を一人で待っていたら、若い先生が来て言われた。「先生、間もなくお迎えが参ります」。まあ、私は間もなく八十歳だから、お迎えが来るのはわかっている。そりゃわかっていますが、突然いま阿弥陀様にお迎えに来られても、ちょっと困りますなあ。正確にいえば、私は困らないけど、あなた方がお困りになるのでは？　今日の私の講演時間をどう消化するんですかね。

そう思ったけれど、年の功でむろんむきつけにそうは言わない。素直に「ああ、そうですか、ありがとうございます」と申し上げた。おそらくあの若い先生は、私の内心にお気付きではないであろう。とはいえこの「お迎え」というのも、いい言葉ですなあ。安楽死などと固いことを言わず、「早めにお迎え、お願いします」と言ったらどうかしら。やっぱり同じ事か。

疲れて機嫌が悪くなると、こういう些細《ささい》な表現でも、文句を言いたくなることがある。発展をお祈りいたしますって、いったい誰に祈るのだ。八百万《やおよろず》の神様か、キリスト様か、お釈迦様か。まあ、信仰は自由だから、その人次第で誰でもいいとはいえ、神頼みは上司として無責任ではないか。あんたは具体的に何をしてくれるんだ。

そういう野暮なことは言わない。言わないことになっている。いちいちそういう角を立てたら、ただの挨拶が挨拶では済まなくなる。世の中にそういう面倒を持ち込むのは、世間に迷惑をかけるというものである。そう思うと、先ほどの国連の「世俗的」がわかるような気もする。この国では万事が世間中心である。挨拶での「お祈り」は、イスラム教徒のメッカに向かってひざまずくお祈りや、チベット仏教の五体投地とは、グローバル的視点ではまったく違うものと見なされたのであろう。そもそも祈るときの形式が決まっていない。本人が祈ると自称しているだけである。そんなもの、祈りでも宗教でもない。じゃあ、何なのだといえば、やっぱりただのご挨拶か。「お迎え」にしても、誰が迎えに来て、どこに行くのか。それに多少ともちゃんと答えられるのは、浄土系の人たちだけであろう。そんないい加減なもの、宗教とはいえない。

このいい加減さが、日本文化の良さでもある。年を取るにつれて、そう思うようになった。ま、そう固いことを言いなさんな。もっともそういう気分になると、今度はオリンピックが気になってくる。なんで立派な体格の、いい若い者が、血相変えて一〇〇メートルを走らにゃならんのだ。後ろから虎が追っかけてくるというわけでもあるまいし。テキトーでよかろう、テキトーで。むろん本当はこれも言ってはいけない。一生懸命に走っている純真な若者の気持ちを傷つけることになる。

伊藤祐靖《いとうすけやす》『国のために死ねるか』（文春新書）を読んだ。海上自衛隊に特殊部隊を創った人の話である。お読みいただければわかるが、著者は自衛隊の発展をお祈りしているわけではない。やることなすことが本気で、なぜなら命懸けだから。久しぶりに気分がすっきりしましたなあ。

どこまで本気か。現代ではときどきそれを訊きたくなることがある。済んでしまったことだが、都知事選が典型であろう。数百万人が都の行政がよくなりますようにと、「発展をお祈り」したのかもしれない。善意のお祈りは結構だが、問題は都の行政が何をしてくれるかではない。自分が都に対して何ができるか、であろう。これはもちろん、ケネディの口真似ですけどね。もっぱらお祈りばかり繰り返してきた結果が、「失われた二十年」なのか。そんな気がしないでもない。

虫採りと解剖の共通点

時間があればの話だが、虫の標本を作っている。針を刺して、標本箱に並べる。針が刺せないほど小さい虫も多いから、そういうものは厚紙に貼る。作業の詳細を述べる必要はないと思う。

小学校の四年生の夏休みに、初めて昆虫標本を作った。終戦直後でロクな道具はなかったから、その標本はいまでは残っていない。中学一年生からの標本が多少残っている。でも、大学では医学部で解剖学を専攻した。いまでも訊かれることがある。「虫と解剖と、どういう関係があるんですか」。

面倒くさいから、たいていは無関係だと答える。解剖は仕事で、虫は趣味。そういうことにしておく。でも年齢を重ねると、両者は無関係どころか、自分の中では切っても切れない縁があるとわかる。というより、両者は「同じこと」なのである。ただ説明が面倒くさい。面倒くさいし、べつに他人に説明するようなことではない。ただ先日、知人たちが集まって、傘寿《さんじゅ》のお祝いをしてくれた。それを機会に、自分のことだけど、虫と解剖の関連を説明しておこうかと突然思った。まあ、関心のない人には、どうでもいい話題には違いない。

虫は自然物である。ヒトの身体も自然物である。それを観察して、簡単には見えないときには、まさに「解剖する」。それでどうするのかって、概念化する。あれは神経、これは血管。虫なら鞘翅目《しょうしもく》、ゾウムシ科、ヒゲボソゾウムシ属、コブヒゲボソゾウムシの雄。ここには二つの行為がある。一つは自然の概念化、もう一つはそれに伴う命名である。全体を表現するなら、自然物の理性的認識、とでもいうべきであろう。その意味では、虫だろうが、人体だろうが、同じことである。

概念化と命名は言語の基礎である。現代人は言葉は既成だと信じているはずである。でも言葉には始まりがあった。その古典的な行為を私は繰り返してきただけである。だからバカにされる。解剖なんて杉田玄白じゃないですか。分類なんてリンネの時代でしょ。

でも、ヒトはつねに白紙で生まれる。生まれると、自然の認識をせざるをえない。それをしたくないから、都市をつくる。都市には人工物しかないから、自然の認識は要らない。お釈迦様がそれに気付いたのは、そろそろ成人というころである。だから四門《しもん》出遊《しゅつゆう》という説話が生まれた。古代インドの城郭都市、その四つの門を釈迦が生まれて初めて出る。そこで老人、病人、死人に会い、最後に沙門《しゃもん》に会って、世の無常を感じて出家する。それが生老病死、人生四苦八苦の四苦である。四苦はヒトの抱える自然というしかない。

自然物に直面することは、都会人にとっては事件である。事件にならないほうが普通だが、べつに事件になってもいいではないか。ともかくお釈迦様には事件だったのである。私は子どものころに自然という事件に巻き込まれて、そのまま傘寿を迎えただけである。

地方に行くと、親切な人が案内を申し出てくださる。古い建造物とか、お祭りとか、いろいろあるけれども、たいていお断りする。疲れていると、酷《ひど》い言い方になってしまう。「人間の作ったものに、興味はありません」。でも樹齢数百年の大木があると知ると、急に動き出す。どうしても見たくなる。だからどうなのかといって、どうでもない。スゲエなあ。そう思って、ただ見ている。

自然物を見るなら、べつに虫でなくてもいい。花鳥風月とはそのことである。そういえば風流に聞こえるかもしれないが、風流に仕立てたのは世間である。ガリレオは望遠鏡で月を見ていたはずだが、これを風流とは言わないであろう。私の虫も解剖も、べつに風流ではない。自然を感性で捉えれば風流になり、理性で捉えれば学問になる。

日本の学問は扱う対象で分類される。ヒトなら人体解剖学、虫なら昆虫学。だから全然違うでしょ、ということになる。でも自然物を観察して、さらに解剖つまり分析して、概念化して、命名する作業だと見れば、両者は「まったく同じこと」である。それがなぜ違う学問と見なされるかというと、世間のせいというしかない。学問を対象で分類するというやり方に固執するからである。

自然物を認識するというと、「それで何がわかりますか」と認識の内容を訊く人がある。認識は内容ではない。行為である。もっというなら、生き方である。世界をどう見るか、それで生き方が違ってくる。これを哲学と呼ぶ人もある。英国の昆虫学者でもあったミリアム・ロスチャイルドに、自然史とは何ですか、と尋ねたことがある。「それは大学で教える科目のようなものではない、生き方 way of life ですよ」。

　そういう答えが返ってきた。私も当時のロスチャイルドと同じくらいの年齢になった。そのせいかどうか、同じ答えをするようになったらしい。

人工知能の時代に考える

暇な時間は虫をいじっている。研究といえば聞こえはいいが、べつにそういう大げさなことではない。虫の標本を眺めて、これは違う、これは同じ、とグループを分ける作業ばかりしている。この作業を強《し》いて学問だというなら、分類学に「分類」される。でも私はアマチュアつまり素人だから、こういう作業を研究といっていいのかなあと思う。そもそもきちんと論文を書いて業績を増やす必要がない。税金を使って仕事をしているわけでもないから、報告の義務もない。気が向けば論文にすることもあるけれども、大方は気が向かない。面倒くさい。そもそも私が論文を書こうが書くまいが、世界の大勢にも、学問の大勢にも影響がない。今年の誕生日が来れば八十歳、明日死んだっておかしくはないんだから、人生自体が世界の大勢に無関係。

それ自体が世界の辺境みたいな、こういう作業をしていると、世の中が進歩したなあとしみじみ思う。分類学では古い論文を参照しなければならないことが多い。もちろん

『論語』だってシェイクスピアだって古いけれども、虫の論文なんて、出版された当時から辺境なんだから、百年以上も経ったら、掲載された学術誌を探すだけでも以前は一苦労だった。いまはそれが簡単に読めることが多い。ネットがあるからである。欧米の人は学問の公共性に対する合意がきちんとあって、古い学術誌や書物をネットで読めるようにしてくれている。著作権の関係があるために、むしろ近年の論文のほうが読めないことがある。著者が現役で生きていれば、メールで文献請求ができるが、死んでいたりすると、昔と同じように雑誌の在処《ありか》を探すことになる。

ネットで見つかれば、ダウンロードすればいいから、文献のコピーも簡単である。私が大学院生くらいのときから、ゼロックスでコピーが可能になった。これは現物とは若干違うという意味で、まだまさに「コピー」だったが、パソコンでダウンロードしたコピーは、いまでは元の原稿がパソコンで書かれ、写真や図がデジタルだとすると、もはやコピーではないという気もする。手書きの原稿と違って、著者だって、結局は同じ物しかもっていないはずだからである。オリジナルというものがない。それなら全部をコピーといえばいいのだろうか。もちろん時間差があって、著者が書いたものがいちばん早期に生じたには違いないのだが、いったんコンピュータに入ってしまえば、あとはどこまで行っても同じ物というしかない。

私が大学生のときにコピーした虫の論文は、定着の操作が悪かったのか、半分は消えてしまった。いまでも記念に保存してあるが、中身はネットで読むことができるから、全部消えても差し支えない。デジタル化によって、要するに人類はほぼ永久保存が可能なものを手に入れたのである。それがデジタルの本当の意味であろう。

デジタル・コピーの不変という性質は、意外に重要ではないかと思う。コンピュータが妙に尊敬されるのは、一つは知的な作業をすること、もう一つはデータが不変だということではないだろうか。この二つはヒトの典型的なコンプレックスだからである。頭のいい人には、どうしても恐れ入ってしまう。さらに死なないとなると、尊敬せざるをえない。いずれコンピュータがヒトと置き換わる。そういう話をよく耳にする。それはたぶん、コンピュータをどこかで尊敬しているからであろう。頭がいいし、死なないもんね。

コンピュータに仕事を取られる。その心配もよく聞く。私の答えは簡単である。コンピュータのコンセントを抜けばいいじゃないですか。そう言うと、当然反論が出る。自分でコンセントを入れるコンピュータがいずれできますよ。時代が変われば、倫理は変わる。コンピュータが発達した世界で、自分で動くコンピュータを作るのは、私にいわせれば違法行為である。コンピュータの電源はヒトが左右しなければならない。

虫の分類のような古い世界では、コンピュータのような新しい技術が与えた影響は、逆に多大である。それは右に述べた文献だけに限らない。データの処理、保存が急速で確実になった。いまでは顕微鏡にパソコンが付いていて、観察した画像はそのままデジタル・データになる。このデータが溜まりに溜まるので、その整理もしなければならない。データを処理しているうちに、肝心の虫のことを考える暇もなくなってくる。あたしゃ、いったい、何をしてたんだっけ。

だから自分でデータを処理するコンピュータができてるんでしょうが。なにしろ学習するんですからね。その学習能力も上がる一方である。初めからコンピュータに任せたほうが早いんじゃないか。

ここで古くからの問題が浮上する。手段と目的というあれ。コンピュータはヒトの手段だったはずだが、どうもだんだん目的化してきたらしい。ヒトなんて、古くさいアナログ機械は要らない。ヒトをコンピュータで置換すればいいじゃないか。その問題自体をコンピュータに任せようというので、シンギュラリティーなんて言葉すらできた。コンピュータが自分の能力以上のコンピュータを自分で開発するようになる。その時点でヒトは不要になるというわけ。

八十歳になって、はて人生とは何なのだ。そういうことをあらためて考える時代になりましたなあ。

虫と核弾頭

珍しく今年は外国に虫捕りに出なかった。その代わり、家内のお供で、正月は大西洋のカナリア諸島、六月はサンマリノに出掛けた。サンマリノには日本神社がある。三年前にできたらしい。そこで日本祭りがあるので、家内が知人と一緒にそれに参加するという。そのお付き合い。

とはいえ、イタリアではまずフィレンツェに行った。あそこにはスペコラと呼ばれる博物館がある。グーグルの地図では美術館となっていた。でも正確にはフィレンツェ大学付属比較解剖学博物館だと思う。ここは蠟細工《ろうざいく》の人体模型が有名で、十八世紀にはフィレンツェの職人芸の一つだった。実際の解剖の代わりに、医学の教育に模型が使われたのである。現在の館長はルカ・バルトロッチ教授、じつは甲虫《こうちゅう》の専門家である。ミツギリゾウムシやクワガタムシに関する著書がある。博物館のいわば伝統として、ミツギリゾウムシの研究は十九世紀から行なわれた。家内のお付き合いという旅行だけでは、なんだかもったいない気がしたので、私はゾウムシの資料調べに行ったのである。要は解剖と虫なんだから、私のためにあるような博物館である。

国内では子どもたちの昆虫採集のお相手。例年だが、広島に行き、福島の須賀川に行った。地元の鎌倉でも、子どもたちの虫捕りのついでに、大人にお話をする。採集ではないけれど、都内のロータリークラブが招待したネパールの子どもたちが、四〇人ほど箱根の家に来た。ここには私の虫の標本を置いてある。その標本を見せて、少しばかりお話をした。老人は子どもの相手をしているのがいちばんいい。自分で虫を採集しても、もはや間に合わない。標本にして調べている時間が足りない。それなら子どもの相手をするしかない。いまでは子どもたちに、洩《も》れなく大人が付いてくるが、これはフロク。

思えば、人生が次第に間接的になる。もはや現役ではないのだから、当然である。私が相手をしている子どもたちが成人するまで、私本人は生きていない。旅行も自分の旅行ではなく、お付き合い、あるいは社交。旅行をして、これから人生を豊かにしようとか、勉強しようというわけではない。

人生がそうなってくると、虫に関心のある人たちが、箱根の家に立ち寄るようになった。その種の人たちが、なんとなく溜まってしまう。普通の人は変人の集まりだと思うに違いない。でも同じように変な人ばかり集まれば、じつは変でなくなる。だから溜まるんだなあ。なんとなくそう納得する。

そちら側から見ると、どうして普通の人は虫に関心がないんだろう、と逆に思う。だって、虫は人類が進化する以前から地球上に棲んでいた。いうなれば、われわれの大先輩である。あれこれ、参考になることを教えてくれるに違いない。

そんなものに関心をもったところで、一文にもならないよ。そりゃそうだが、世界はべつに何文になるかという計算でできているわけではない。そういう計算が成り立つのは、人間社会の中だけである。その人間社会が成立したのは、地球の歴史を考えれば、ごく近年のこと、十万年も経ってはいないであろう。

その人間社会が完全に優越してしまったから、人びとはその常識で生きようとする。それが当然になるから、虫なんか、と言われてしまう。でもその世界が本当にマトモかというなら、それはわからない。

テレビを見ると、北朝鮮のミサイルばかり。国を挙げての広告宣伝で、それを日本のメディアがさらにこぞって宣伝する。安倍内閣の支持率も上がったという。サイレンみたいな警報が鳴る。私は空襲警報、警戒警報で育った世代だから、べつにどうとも思わない。昔もあったなあと思うだけ。

急に思い出した。鉄のカーテンが無くなったとき、アメリカとロシア（旧ソ連）が相談をして、大陸間弾道弾の核弾頭の削減交渉をした。双方が二年間で六千発だかの削減をすることで合意した。以前のことだから、正確な数字も時期も覚えていない。ただそのしばらくあとに、また報道があった。核弾頭の削減に合意はできたけれども、期限を守ることは不可能だと判明した。なぜなら、あんな危険なものは、二年という短い期間ではとうてい壊し切れないとわかったからだ、というものだった。

私は笑うしかなかった。皆さん、本当に人類はマトモだと思っておられるのだろうか。アメリカは、太平洋上の孤島、ジョンストン島に、自国がつくった毒ガスの貯留施設をつくった。処分しようにもできないからである。私がいわゆるマトモな世界を信用しないのは、教科書に墨を塗ったからだけではない。

第二章

社会脳と非社会脳の相克

周防大島（写真提供：時事通信フォト）

地方消滅の対策は参勤交代

これから先の世の中がどうなるか。経済や社会について何かいうと、「じゃあ、どうすればいいんですか」と訊《き》かれる。どうするもこうするも、他人に生き方を教えてもらう必要はない。それが大人というものであろう。世間について私が何かいうのは、できれば世間に関する認識を共有してもらいたいからである。そこが一致していれば、おのずからやることの方向も決まってくるはずである。もちろん、その答えは一つではない。根本の認識は共通でも、やることは人によって違っていい。それをできるだけ許容する社会を自由社会という。私はそう思っている。

増田寛也編著『地方消滅』（中公新書）を読まれた人もあろう。まあ「読む」というより、「見る」といったほうがいいかもしれない。巻末に二〇一〇年と二〇四〇年における各市町村の総人口、および若年女性人口と変化率が載せられている。これを見ると、まさに「消滅する」自治体が続出することになる。とはいえ、べつに地方がなくなるわけではない。人口が減った自治体は統廃合すればいいだけのことである。

当然のことだが、人口は簡単には変えられない。それなら指摘された変化は、ある程度現実化すると見なければならない。大都市も例外ではない。たとえば大阪市や広島市は二十年前の鳥取県と年齢に関する人口比が同じだという。地方の高齢化がいわれたころの現実が都市にもやって来ている。それだけのことである。もっとも二〇四〇年には私は百三歳、地方以前に私自身が「消滅」しているはずである。

昨年十一月にオーライ！ニッポン大賞の表彰式が行なわれた。第一二回、あろうことか初回から私がいちおう「オーライ！ニッポン会議代表」ということになっている。もともと農水省の農村振興局が始めた試みだった。都市と農村の往来を盛んにしよう。そのために、その分野で活躍している団体や人を表彰する。そういう趣旨である。日本はそれでよくなるというオーライと、都市と田舎の往来を掛けた言葉である。

私は「平成の参勤交代」と称して、都市の人を田舎に一定期間追いやれ、という提案を個人的にしていた。それを当時の農村振興局長だった太田信介さんが聞きつけて、代表をやれといってきたと記憶している。当時は副代表が現静岡県知事の川勝平太さんと語り部の平野啓子さん、川勝さんは知事になったので立命館大学の安田喜憲さんと交代した。代表とは要するに表彰式に出るだけだが、ともあれ十年以上続いているということは、それなりの社会的意義があったのだろうと推測している。大賞グランプリは内閣総理大臣賞で、あとは私と審査委員会会長名で表彰状と目録が出る。

ことの性質上、地方で活躍している人が多くなる。中心はグリーン・ツーリズム、エコ・ツーリズムである。同時に田舎暮らしの勧めも含んでいる。オーライ！ニッポンには、大賞だけではなくライフスタイル賞があって、個人として豊かな田舎暮らしを実践している人に与えられる。昨年も横浜から沖縄まで五人の人が表彰された。大阪から山口県の周防大島《すおうおおしま》に移住した人が、田舎の生活は不便だけれど、そのぶんあれこれ工夫をする。それがいい。そういっていたのが印象に残った。

現代生活は便利なぶんだけ、脳や身体の使わない機能が増える。生物は省エネにできていて、使わない機能を省略する傾向がある。その結果、脳や身体と並行して、いわば生活全体が痩せてくる。うつ病が増えるのも、そのせいかと疑っている。田んぼでうつ病になっている人を見たことがあるだろうか。せっかく生きているのに、身体能力を十分に使わない。それが現代人である。それなら一年のうち、一定の期間を田舎で暮らせばいい。

十年以上も前からこういうことを主張してきた。その根本的な背景はむろん「地方消滅」である。社会にはおそらく適切な人口、年齢比、職業別比などがあるはずである。それでも人口が減っていくのだから、それが上手に実現できない可能性が高い。それなら人が動けばいい。少なくなる人口で適切な人口分布を実現するには、人が移動するしかない。そう考えたのである。

世界にそういう例がないわけではない。遊牧民が元来そうであろう。ブータンではかつて首都が二つあった。国王や高僧たちが冬場は暖かいプナカに行き、夏場は涼しいティンプーに行ったからである。そんなことをしたら、あれこれ大変ではないか。そのとおり。それが付け目なのである。定住している場合より、それぞれの人が余分に動き、仕事をしなければならない。人が減るぶんだけ余分に動き、働けばいいじゃないか。それが私の乱暴な提案なのである。

社会脳が不祥事を起こす

会社のさまざまな不祥事が報道されるが、素人の私にはよくわからないことが多い。東芝の会計の問題（注1）などは、まったくわからないし、わかろうとも思わない。会計とは約束事の話だからである。約束事は人間同士の取り決めだから、事情によっては変更していい。憲法だって事情が変われば変えていいのである。

具体的な「もの」はそうはいかない。酸素と水素を混ぜ、火を近づけると、必ず爆発する。ダメだと説教しても聞かない。「もの」はまったく融通が利かない。その代わり人間の約束事とは違って、かなり厳密な統制が可能である。

私は根本的には「もの」に関する話しか理解できない。三井不動産つまり旭化成建材のほう（注2）は、住宅つまり「もの」だからいくらかはわかる。わからないのは寸足らずの杭を打ったという話である。私のような素人が日曜大工をやって、板に釘を打つとする。その釘が寸足らずで、釘が向こうに出なかったら、いくら素人でもやり直す。なぜやり直すかって、打った釘が役に立たないということもあるが、なにより「気持ちが悪い」からである。そこを根本的に正すという意味で、三井不動産も「建て直す」と提案しているのだと思う。実際には無理じゃないかと思うけど、それは人間の事情が絡むからである。

東洋ゴムの話もまったくわからないというわけではない。免震、防振ゴムのことだからである。(注3)データ改ざんは人間のほうのインチキだから、ゴムに責任はない。池井戸潤に『七つの会議』という小説があって、骨子はこの小説と同じであろう。実在の会社のほうが小説をほとんど地で行ってしまっているらしい。組織が大きくなると、組織内部の都合があって、純粋に現場つまり「もの」の都合だけでは、物事が動かない。

なぜ寸足らずの杭を打つのか。住宅にもシメキリがある。納期というやつがそれであろう。人間の約束事、つまり納期を守ろうとすると、寸足らずの杭を打っても、それでなんとかごまかそうという圧力が働く。現代社会では多くの仕事が分業である。販売側は納期を守ろうとするし、工事をする側は具体的な作業だから、そう簡単に期日を守ることができない。場合によっては「気持ちが悪い」ままで引き渡すことになる。電車が三分遅れても謝る国だから、納期は守らなければならない。納期が守れないのも「気持ちが悪い」のである。

アメリカの宇宙船チャレンジャー号が発射時に爆発した事故があった。天候の状況とくに気温が低いことを心配した技術者側は、期日での打ち上げに反対した。しかし広報官を含む管理者側が延期は困るという。管理者側が勝って期日に打ち上げたが、案の定事故になった。ここでも期日は約束事だが、ロケットのほうは「もの」である。この事故に関する委員会の報告書で、物理学者のリチャード・ファインマンは述べたという。「技術が成功するためには、体面よりも現実が優先されなければならない、なぜなら自然は騙しおおせないからだ」。そうなんです、自然つまり「もの」は騙せないんですよ。

そもそも洋の東西を問わず、なぜ組織と現場仕事の相反が起こるのか。私はこれはヒトの脳の性質に関わっていると疑っている。組織は要するに人間関係である。それを担う脳機能はいわゆる社会脳である。それに対して、数学の問題を解くような、いわゆる考える作業は非社会脳の分担である。この二つの働きはそれぞれ脳のまったく違う部位を使う。しかも両者はじつは両立しない。集中して何か考えているときに傍《そば》から話し掛けられる状況を考えたらわかる。そういう場面では、考えているほうは「頭を切り替えざるをえない」のである。

人間関係に巧みであることと、学問的あるいは現場作業的であることとは、しばしば両立しない。しかも重要なことは、何もしていないときのヒトの脳の設定が社会脳だということである。それも生後二日にはすでに社会脳になっているという。つまりヒトの大きな脳は社会脳として生じた。ゆえに社会脳が優先しているのである。そもそもそこから大きな脳が生じることになったのだから、組織つまり人間関係が優先するのは当然というしかない。

このように組織と現場の問題は、根本的にはデフォルト設定としての社会脳と、非社会脳の相克に由来している可能性がある。だとすれば、人間がもともともっている不完全さだとでもいうしかあるまい。それならせめてできることは、管理職がそれを心得ておくことであろう。なぜなら管理職になれるということは、その人自身は社会脳が優位だという可能性が高いからである。社会脳の判断は「もの」に関する判断では、非社会脳に比較して誤りを犯しやすいはずなのである。

（注1）東芝が二〇〇九年以降の七年間で、利益を累計二二四八億円水増しして報告した事件。

（注2）二〇一五年十月、三井不動産グループが販売した大型マンションが傾いた問題で、基礎の杭《くい》打ち工事で旭化成建材が虚偽データを使用していたことが発覚した。

（注3）二〇一五年三月、東洋ゴムが免震ゴムの性能データを改ざんしていたことが判明。さらに同年十月、船舶や鉄道車両などで使われる防振ゴムでも検査結果の報告の際に不正行為を行なっていたことが明るみに出た。

止むを得ない

「止《や》むを得《え》ない」というのは、日本社会の紋切り型である。とくに大事の決断を迫られると、これが出てくる。というより、これしかないように見える。開戦の詔勅がその典型であろう。こと志とは違うけれど、状況がここに至っては、もはや止むを得ない。「今ヤ不幸ニシテ米英両國ト釁端《きんたん》ヲ開クニ至ル洵《まこと》ニ已《や》ムヲ得《え》サルモノアリ豈《あに》朕カ志ナラムヤ」というわけ。

古い育ちだから、たしかに自分にもそれがあるような気がする。つまり必然性に理由を借りる。早い話が「それしか、しょーがねえだろ」と開き直る。欧米なら、選択肢があって、そのどれかを選ぶ。選んだのは自分という主体だから、選んだ責任は自分にある。その代わり、うまくいったら、自分の判断が正しかったということで、自慢していい。うまくいかなくても、自分のせいだから仕方がない。それがつまり自己責任であろう。

私は日本人だから、そういう考え方はしない。ほとんどのことは「止むを得ない」からやっている。この原稿だって、ＰＨＰ研究所とのお付き合いの関係で、なんとなく「止むを得ない」状況になっているから書いている。「俺にやらせてくれ」と頑張った結果ではない。止むを得なかったんだから、じつは勝とうが負けようが、本当は俺のせいじゃない。日本の場合だとそういう言い訳が初めから用意されている。意地悪く考えれば、そういうことになる。

こういういわば社会的な習慣は、むろん一長一短である。主体が存在して、その主体が選択をするというのは、政治なら早い話が独裁である。だから民主制を採用して、大統領を選挙する。独裁が続くと、あれこれ具合が悪いからであろう。四年に一度、お祭り騒ぎをして、今回はドナルド・トランプなんて変な人が出てきた。あれでいいのかなあ、と傍目《はため》には思うけれど、あれが「選択」社会なのであろう。気に入らなけりゃ、選ばなきゃいいのである。

日本型の民主制だと、暗黙の全員一致である。だから「俺は聞いてない」というのが、最大の反論になる。文句をいう機会がなかった。原則は全員一致だから、日本人は規則をよく守る。でもじつは全員一致になっていないと、面従腹背になる。それが多数を占めると、原則のほうが自然に壊れる。憲法第九条がギリギリのところに来てますかなあ。これで中国が尖閣を「占領」してくれると、安倍さんには神風だろうが、憲法改正はまだ「止むを得ない」までは来ていないみたいである。

「止むを得ない」社会の難点は、ギリギリのところまで「待ってしまう」ことである。少子高齢化や年金の問題なんて、以前からわかっていて、いまでもわかっている。原発の問題も明らかである。でもまだギリギリに来ていないから、なんとか時を過ごす。そのうち自分の寿命が来てしまうから、こういう大きな問題はとりあえずやり過ごしておく。これも知恵というなら、一種の知恵であろう。待てば海路の日和、そのうち自然に答えが出るさ、というわけ。

人口減もまことに止むを得ない。じつは人為及び難しだと私は思っている。でもそれをなんとかしようとして、子ども手当や児童手当になったりする。人間万事、金の世の中。それでいいといえばいいので、老い先短い老人としては知ったことではない。でもお金を出して、子どもが増えればいいというのも、なんとも安直ではないか。そう考えて角を立てれば、あれこれ言うことはあろうが、そんなことは言ってもしょうがない。人口が増えなきゃいけなかったら、世界はヒトで埋まってしまう。どこかで減るに決まっている。

人口減の最大の問題は対外的には国力の低下であろう。防衛問題の背景にはこれがあると私は思っている。とくに中韓、北朝鮮のことが絡む。内部的には経済問題とくに年金。昨年は初めて老人のテロ(注1)が起こった。それでも現代の日本はまあまあ、なんとかなっているんじゃないかと思ったりする。安倍さんの悪口は聞くが、それでも保っているんだから、「止むを得ない」までは来ていませんなあ。

対外問題についていうなら、中国は自分のことで大変に違いない。それは衆目の見るところである。それをごまかそうとして対外的に強硬に出たところで、真の解決にはならない。中国が本当に内部も片付いて強くなるなら、それはそれでたいへん結構なことである。清朝の崩壊以来、あの大国がちゃんとしていなかったので、いかに近隣が迷惑したか。朝鮮も同じ。南北が合体する面倒を考えたら、自分のことだけで問題は十二分にある。

そう思えば、年も明けたことだし、楽観的に考えてニコニコしていたほうが、健康にもいいんじゃないだろうか。

（注1）二〇一五年六月三十日に新横浜 - 小田原間を運行中の東海道新幹線車内で、七十一歳の男が焼身自殺し、火災が発生した。

持続可能社会

持続可能な社会はアメリカ由来の言葉であろう。生物多様性もそうである。戦争中の本土決戦、一億玉砕と同じで、こういうスローガンには時代が見えることが多い。

新潟県の環境関係の会合で、「持続可能な社会にするために、われわれは何をするべきか」というタイトルで話をした。じつは私が考えたタイトルではない。でもタイトルを相手からもらったほうが、私は話しやすい。私自身が違った考えをもっていた場合でも、前提の吟味ができるからである。

持続可能というのは、元来は化石燃料に依存する社会に対する警告だったと思う。石油を使っていれば、いずれはなくなるに決まっているからである。でもアメリカの場合は、それだけではない。もう一つは化石水である。中西部の農業は氷河が解けて地下にたまった水を吸い上げて行なわれている。この水もいずれなくなる。トウモロコシ畑からは表土が流れ、いずれは土がなくなってしまう。マクロ的に見れば危ない国である。

だからこそ、持続可能な社会という警告が発せられる。

これを日本に持ち込むと、どうなるか。石油はもともとない。水はローカルに循環するから、とりあえず足りなくなることはあっても、なくなることはない。日本の川はほとんどが清流で、ということは土が流れていないということである。しかも噴火があれば火山灰がイヤというほど降り、少ないとはいえ、恒常的に黄砂が大陸から降ってくる。長い年月で考えれば、その量も馬鹿にならない。

日本の自然が豊かだというのは、そうした条件をもとにして、まず植物相が豊富だということであろう。国土の七割近くが山林で、アジアではブータンに匹敵する。もちろんブータンには万年雪の積もる高峰が多いから、その分森林面積は小さくなる。それにしてもいわゆる文明国としては、日本はむやみに山林が多い。

ではそれでエネルギーが賄えるかというと、そうはいかない。日本全体で毎年生産される木材生産量をエネルギーに換算すると、現在日本が使用しているエネルギー量の数パーセント、つまり一桁にしかならない。いまのような生活を維持していくためには、石油の輸入はどうしても必要である。さもなければ、徹底して省エネをする必要がある。でもエネルギー消費を一〇分の一以下にするのは不可能であろう。もちろん私が子どものころは、その石油がなかった。戦争中の家族の写真が残っているが、それを見ると、まったくの難民状態である。どこかの難民キャンプの家族の写真によく似ている。

よくあんな時代を生き延びてきたなあ。その体験者は数十年のうちにいなくなる。とはいえ、それでも生きていたということは、貴重な体験かもしれない。冷暖房はなく、暖房といえば火鉢程度、子どもは冬でも半ズボン、トイレはくみ取り型、車がないから重量物の運搬は人手か牛馬、食べ物はあれば何でもありがたかった。それがいい時代だったというつもりはない。それでも生きられたというだけのことである。

このところ石油の価格が下がっている。だから問題は表面に出ていない。これがいつまで続くか、素人の私にはわからない。でも長い目でみれば、再びエネルギー問題が表面化するであろう。実体経済はエネルギー消費と並行する。その経済が飽和状態になっていることは、利息がゼロになっていることでもわかる。石油価格の下落の根底には、それもあろう。中国市場がいかに大きくても、現代の生産能力からすれば程なく飽和する。さらに情報化が飽和状態をもたらすのに貢献したに違いない。需要をあっという間に満たすことが可能になったのである。

ところで持続可能の話。世界で系図のわかったいちばん古い家系は天皇家。江戸時代は循環型社会で、家制度は現代でもまだ家によっては機能している。茶道の家元が典型。地方では代々襲名している家業の家もないわけではない。とくに石油を中心とする、ここ百年の狂乱を外して考えれば、世界に冠たる持続可能社会は日本であろう。ただしエネルギー問題だけはどうしようもない。だから江戸時代には山林は現在より少なかった。薪炭《しんたん》しかなかったからである。

石油に困っていないうちに、もう一度、気合を入れて考えてみたらいかがか。当然原発問題も絡んでくるから、皆さん、お嫌でしょうけどね。

環境問題の誤解

以前に『いちばん大事なこと』（集英社新書）という本を書いた。いわゆる環境問題についてだが、いまでもそう思っている。でも最近はあまり言う気がしない。この問題は言ってもムダだと、何度もあきらめている。エコというけれど、自分の生活を考えたって、エコではない。タクシーを使えば、七〇キロの私を運ぶのに、トン単位のほうがふさわしい重量の車を動かす。どこがエコなんだ。しかも私が乗らなくたって、ともかくタクシーは走っている。それなら私が乗ろうが乗るまいが、石油消費には関係がない。要は社会システムの問題で、これは政治だから私には手の打ちようがない。当たり前だが、一人では片付かない。だから国連で相談をする。温暖化はなんとかならないか。

アンドリュー・シムズ『生態学的債務』（緑風出版）を読んで、どうにもならんわ、と思ってしまう。考えるのは無料だけれど、社会システムは有料である。それを別な言葉で経済という。シムズは石油配給制を主張するが、国連でそれを認めるはずがない。アメリカがウンといわない。仮にウンといえば、ロシアと中国が反対する。日本なんて炭酸ガスの排出量は数パーセント、要は高が知れている。まあ世界の六〇分の一なら人口割りでいいところかと以前から思っているが、その基準だと日本は使い過ぎ。

ではは日本だけが制限をすればいいか。そんなの、意味がない。世界全体が関係するのだから、絶対量で考えなけりゃならない。日本人全員が腹を切って死んでも、数パーセントしか炭酸ガスは減らない。要は黒船来航みたいなもので、万事こちらの都合ではない。

じゃあ、どうするか。できることをする。エコな生活をする。環境保全に努める。これがまた困った問題を引き起こす。ピントが外れているからである。欧米人の知り合いは私の顔を見ると「日本人はクジラを食うな」という。何十年も食ったことがないわ。

私は虫採りが好きだが、年々やかましくなる。「虫を採るな」という声が出る。人工衛星から夜景を見ると、日本列島の山脈は全部見える。鈴鹿山脈だって、はっきり見える。周囲が明るいからである。そこまで明るくすれば、虫の生活は乱れる。田舎にコンビニができて数年は虫が集まって困る。間もなく集まらなくなる。虫がいなくなるからである。専門家はそれを「焼ける」という。一台の車が廃車になるまでに千万の桁の虫を殺す。ヘリコプターから農薬を撒く。それで個人に「虫を採るな」という。採った虫を標本にすると数がわかる。意識せずに殺しているほうは、数がわからない。知らぬが仏。

虫が少なくなってきたことは、体験的にわかっている。虫が集まって黒くなっていた山中の花が、いまでは真っ白。冬場の梅の花に集まっていたハナアブはどこに行ったのか。先日箱根の家で梅を見ていたら、ハエが一匹、ブーンと音を立てて飛んでいた。嬉しかったですなあ。おそ松くんのチビ太を思い出した。虫を採ったから、虫が減ったのではない。それがわからないようでは、もうどうにもなりませんなあ。

虫を採るな。環境省をはじめ、さまざまな自治体がさまざまな規制をかけようとする。「種の保存法」(注1)なんて、憲法違反だという意見が強い。標本の譲渡もできないというんですからね。個人がいちばん取り締まりやすいからであろう。好んで虫を採る。そんなの変わり者に決まっている。じつは放っておけば済む。その規制にかける時間とエネルギーを世界に向けるべきであろう。

昆虫のなかでは、甲虫《こうちゅう》がいちばん種類が多い。そのなかで環境省が公式に認めた絶滅種が一つある。キイロネクイハムシ。この虫はジョージ・ルイスというイギリス人の変わり者が、維新前後に日本に来て、横浜のお寺の池で採ったのが最初である。昭和三十年代に兵庫県宝塚の池で採れたのが最後で、その後見つかっていない。なぜかって、この虫がいそうな池沼が消えたからである。私が採ったからではない。洗剤は大量に流したし、アメリカザリガニは広がったし、低地の湿地はどんどん開発された。だからラムサール条約なのである。数年前に釧路の湿原で、この虫の親戚筋のキタキイロネクイハムシが見つかったときは、他人事ならず嬉しかった。なぜ残っているかって、湿原が残っているからに決まっている。釧路湿原なんて、幸いなことに経済的な利用価値がほとんどない。

環境問題というけれど、じつは人間自身、自分の問題である。環境とは「自分を取り巻くもの」と定義される。ホラ、環境といった途端に「自分は別だ」と、どこかで思ってしまうでしょ。だから私は、最近は環境という言葉を使わない。田んぼからとれた米を食べれば、それは自分の体になる。それなら田んぼは自分。魚を食べれば、海は自分。自分のこととして考えたら、他人の虫採りなんかを規制する前に、「環境」に対して、いくらでも寄与することがあろう。環境問題がおかしくなるのは、「環境」という「自分は別」という文化を、「自分」なんてそもそもなかった社会に持ち込んだのが根本だと思う。まずは脚下照顧《きゃっかしょうこ》というしかない。

（注1）　一九九三年施行、正式名称「絶滅のおそれのある野生動植物の種の保存に関する法律」。

人生から反応を差し引いたら

一月《ひとつき》ごとに時評を書く。その間にさまざまな事件が起こる。前回から今回までにも、ずいぶん多くの出来事があった。

熊本の震災はいうまでもない。とんでもないことが起こる。五月中旬までで、すでに有感地震が一五〇〇回を超えた。そう報道されている。正直なところ、これにどう反応していいのか、わからない。幸か不幸か、安否を尋ねなければならないほどの、ごく親しい人はいなかった。昨年から今年にかけて、熊本には二度、行っている。その間にお世話になった人のことも気になるが、縁がやや遠い人だと、問い合わせにも気を遣う。東北の震災時には、さすがに知り合いの安否が気になって、たまたま仕事で現地に行く人にことづけを頼んだ。幸い無事だった。

報道を見ていると、むろん地震ばかりではない。三菱自動車(注1)がある。それが報道されたら、今度はスズキ(注2)だという。舛添都知事(注3)のこともある。はてはベッキー(注4)がどうだとか、こうだとか。いくらなんでも、これは関係がない。三島由紀夫賞の件では、蓮實重《はすみしげ》彦《ひこ》氏のインタビューがネットを賑わせたらしい。(注5)たまたま私は四国は祖谷《いや》の山中にいて、同行した編集者がネットで実況を見せてくれた。これにまたネットで多くのコメントが付いた。私はそういうものは見ないから、編集者に反応を読んでもらった。それでも、どういうことか、よくわからない。蓮實氏への反応に、さらに反応すると、際限がない。ともあれ山の中だって、そんなものまで見られて、しかもその反響がわかるのである。

現代社会で時評なんぞを引き受けると、大変なことになる。世の中でなにが起こっているのか、いちおう知ろうかと思うのだが、そんなこと、できるわけがない。当たり前だが、いまさらながらそう思い知らされる。

伊勢のサミットだとか、オリンピックだとか、消費税の値上げだとか、前倒しの報道も多い。こういうものは確実に予定されたことなので、未来のようだが、じつは未来ではない。すでに定められた予定とは、すなわち現在である。準備に時間がかかることは、実施が決定された段階で現在に変わる。さもなければ、論理的には現在なんてなくなってしまうからである。過去と未来は内容があるが、現在が過去と未来を切断する時点だとすれば、時の一瞬でしかないから、そんなものにはじつは内容がない。それなら「ない」と同じである。

現代人は反応する人たちだなあ。しみじみそう思う。なにかが起こって、それにひたすら反応する。反応を除いたら、なにか残るのだろうか。

むろん刺激に反応するのは、生き物の常である。刺激に対する反応には古典的な法則がある。ウェーバー・フェヒナーの法則とか呼ばれていたはずである。刺激を横軸に、反応を縦軸に取ってグラフを描くと、対数曲線になる。つまり刺激がある価を過ぎると、反応は限度に近づいて、ほとんど増加しなくなる。そこから先は、刺激を増やしてもまずムダである。刺激を三倍にすれば、反応も三倍になるかというと、そうはいかないということである。

情報過多という言葉ができた。これ以上情報が増えても、反応のしようがないよ。多くの人がそう思うのであろう。情報が重要なのはわかっているが、ある限度を超えると、もう情報が増えても反応が増えなくなる。それなら計算機に任せろということになって、ビッグ・データになるのかもしれない。ビッグ・データは一種のメタ情報といってもいい。でもその結果を見ているのはまだ人間で、計算機ではない。

現代社会では、人間の意識が作り上げたシステムと、人間そのものがせめぎ合っている。災害という形で、それにシステム外部の自然が絡む。現代社会は合理性、効率性、経済性を優先してきたが、人間そのものはどうかというと、そうはなっていないような気がする。私のように平均寿命に近づくと、合理も効率も経済もどうでもよくなる。人生って、いったい何なんだ。そちらのほうが気になる。どうせ間もなく終わってしまうはずだからである。

六月四日は「虫の日」で、鎌倉市の建長寺で虫供養をする。そのどこにも合理性、効率性、経済性はない。なにかに「反応」して供養するのか。そういうわけでもない。

余計なお世話かもしれないが、人生から「反応」を差し引いたら、なにが残るか。時に考えてみたらいかが。そんなことを思う。

（注1） 二〇一六年四月、三菱自動車が、日産への提供分も含む軽自動車四品種について、燃費を実際よりも良く見せる

ため、国土交通省に虚偽のデータを提出していたことが発覚した。

（注2）二〇一六年五月、スズキが二六モデル二一四万台の燃費を測定する際に、法令とは異なる測定を行なっていたことが判明。ただし同社がその後再度測定した結果、全車種でカタログ上の燃費を上回っていたことがわかり販売を続けた。

（注3）二〇一六年六月、舛添要一東京都知事が辞職。二〇一五年度の海外出張費が五〇〇〇万円以上にのぼることや、別荘を訪れるために公用車を使っていたことなどが問題視された。

（注4）二〇一六年一月、タレントのベッキーとロックバンド「ゲスの極み乙女。」の川谷絵音《えのん》との不倫を『週刊文春』が報じた。

（注5）蓮見重彦氏が三島由紀夫賞受賞の記者会見において「はた迷惑な話だと思っております。八十歳の人間にこのような賞を与えるという機会が起こってしまったことは、日本の文化にとって非常に嘆かわしいことだと思っております」と述べ、自分を選んだことは「暴挙」であると表現した。

一般化が不幸を生む

地域の難しさは特異性にある。それぞれに違っているから、一般論がやりにくい。ところが現代社会は一般論で成り立っている。たとえば一億総活躍がいい例であろう。みんなが活躍すればいい。それはいいけれど、それぞれがどう活躍すればいいのか。各論に入った途端に、話がバラバラになってしまう。

現代社会では、経済が重視される。その根本にも、実例と一般論の分離がある。経済なら、万事をお金に換算すればいい。これはわかりやすい。お金とはまさに一般論の典型なのである。数字は一般論としての性質をもつからである。人が何人いようが、数で示すことができる。その典型が「本日の交通事故、死者二名」という掲示板である。それぞれに事情があり遺族があり、現場は無残だが、二名と書けばそれで済む。それで済まない部分があっても、それは「ないこと」になる。すでに二名と記録したではないか。それで十分だろうが。

教育にしても、地方創生にしても、同じ面がある。子どもはそれぞれだし、教師もそれぞれだが、それを何としてでも「同じ」にしようとしている。そう見えてしまう。だからいきなり教育基本法なのであろう。地方の事情もそれぞれである。だからこそ分権なのだが、実際にはそうならない。中央集権とはそういうことだ。そういう声が聞こえてきそうである。でも私がいいたいのは、そういうことではない。

なぜ一般論が優越するのか。その理由は明白である。そうするほうが、じつは人間にとって楽だからである。人は易《やす》きにつくもので、現代社会の「楽」は一般化にあると私は思っている。楽をすると、どこかで元を取られる。しっぺ返しが来ることになる。それは、いわないことになっている。楽ができなくなるからである。

一般化のツケは、どこに回ってくるのか。だから教育であり、地方であり、生物多様性と自然の保全である。どれも本質的には一般化ができない。きちんと考えようとすると、事情がさまざまだからじつに面倒くさい。面倒くさいから放り出す。それより全体を通じる原則で動くほうがいい。それが合理性、効率性、経済性である。

ソクラテスは本を書かなかった。書かれた言葉からは、それが発せられた具体的な状況が落ちてしまう。それを知っていたからであろう。現代ではそれは指導者たちの暴言、失言と呼ばれるものに、よく表れている。その場ではそれで済んだのだが、記録され、報告されてみると、とんでもない発言ということになる。ネットの炎上にも、背景にそれがあろう。しゃべって消えるならいいのだが、ネット上には「残ってしまう」のである。

いまでは人々は、残ったもののほうが本当だと信じている。それを「情報」と呼んでいる。でも残ったものは、いうなれば具体的なものが捨てられたあとの残渣《ざんさ》ではないのか。歴史ブームの裏にもそれがある。私はそう思う。歴史は現在に後を引いている過去の事象を扱う。後を引かなければ、すべては消えてなくなっているはずだからである。でも、情報化されたものは消えない。実際の社会と、具体的な人の生き方は消える。でも記録は残る。情報化社会ではすべてはあっという間に歴史になる。今日のニュースは昨日という過去である。それを「現在」と錯覚する人がいかに多いか。

生物の基本は遺伝子である。そう信じている人は多いであろう。むろんそれは違う。生物の基本は細胞である。細胞の中に、情報源として遺伝子が存在している。誰もテレビのニュースやネット、新聞、図書館が社会そのものだとは思わない。でも、生物についてはほとんどそう思っているのではなかろうか。まして現物の生き物などを扱っていると、学問的には下等な仕事と見なされる。具体的な生き物とは各論にすぎないのである。

現代社会は合理的で、便利で、豊かである。じゃあ人々は幸せかというと、なんだか不幸らしい。なにより子どもが増えない。こんな状況では、子どもなんて、産んでいられないよ。子どもだって、将来にわたって幸福な人生を送るとは思えない。べつにそれほど気持ちが暗くなっているわけではないが、気分の基底は明より暗らしい。怠けちゃいけませんなあ。私はそう思う。冗談じゃない、毎日必死で働いているよ。それなのに社会がこうなることについては、どこか基本に問題があるはずである。そういうときには常識を疑うしかない。本当に社会は合理的、効率的、経済的でいいのか。それだけを考えて、他の可能性は考えない。それは楽をしていることになる。まったく違う面なんて、考えたくないという態度だからである。それは意識的思考において、易きについていることになる。その結果が現代なんですなあ。

人口が減る社会

政治は嫌いで通してきた。なにしろ本土決戦、一億玉砕、神風《しんぷう》特別攻撃隊で、女医だった母親が、隣組の人たちと一緒に、慣れない手つきでバケツリレーや竹槍訓練をしているのを見て育った。でも八月十五日が過ぎたら、間もなく民主主義、平和憲法、マッカーサー将軍万歳。政府とか政治とか、そういうものに振り回されたらエライことになる。これでは、子どもながらに、そう思って当然であろう。

政治とはそんなものだ。そうとわかった上で、政治に関わる。ほぼ八十歳に至るとはいえ、私はまだそこまで大人になれていない。だからお若いですねえ、と言われるのかもしれない。要するに社会的な発育不良、いまの言葉でいうなら、社会面での発達障害であろう。

嫌いな政治問題といえば、とりあえず「総理のご意向」問題(注1)。発音が同じ御威光ならば、子どものときから聞き知っている。水戸黄門の印籠《いんろう》である。政治上の究極的な権威を昔は御稜威《みいつ》といった。若い人にはもう読めないであろう。御威光とは言葉が違うけれども、そこが陛下と総理の違いである。御稜威なら誰でも文句なし、ひとりでに頭が下がり、民は黙って従う。総理くらいでは御稜威とはいわない。だから前川の乱が起こってしまった。下僚が総理のご意向に従わない。御威光が不足しているに違いない。

　官房長官が怒っていたが、あの冷静に見える人が、テレビでは本当に怒っているように見えた。前川・前事務次官への悪口には気合がこもっていたから、この人は本気だなあと感じた。強《し》いて政治家に注文を付けるなら、もっと大きな問題で本気に怒ってくれませんかねえ、という程度かなあ。事務次官や文科省がどうであれ、二十年以上前に国立大学を辞めた私には関係ないもんなあ。

　言ってみれば大人同士の喧嘩《けんか》だが、命懸けではないから、そこは見ていてあまり面白くない。元を正せば、獣医学部をつくるかつくらないか、らしい。それなら言い分を聞かなくたって、私程度の常識でもわかる。つくるというほうは、岩盤規制の緩和とか、既得権に風穴を開けるとかいうだろうし、ダメだというほうは、そんなに獣医を増やしてどうする、いまで十分だろうというに違いない。

客観的にどうだろうかというのが、冷静な言い分だろうが、獣医学部の数にそもそも客観性なんかない。いまの人は統計を持ち出すと黙るけれども、私は統計を信じていない。統計には統計の論理があって、それはべつに万事を説明するものではない。虫の大きさだって、実際にやってみれば、測るのは容易ではない。測ったことがない人が、測れると思っているだけのことである。さらに統計を使いこなすのは、じつは容易なことではない。わかりやすいというので、すぐにグラフにするが、わかりやすいというのは、自分の頭に入りやすいということで、じゃあ世界は自分の頭に入るようにできているかと反省したら、そんなはずはない、とわかるはずである。

でもその自分の頭に入るように世界を構築してしまう。それがヒトのつくる世界で、それを都市と私は呼んでいる。だから都市にはヒトのもっている歪《ゆが》み、ひずみが出てくる。そこが面白い。どこが歪んでいるかというなら、まずは少子化。ヒトの再生産率は東京都が最低、京都がそれに次ぐ。その都市に若者が集まり、「超ソロ社会」をつくっている。日本の場合、結婚しないと子どもをつくらないのが普通だから、独身の若者が増えれば、人口は減少する。言ってみれば、当たり前ですな。

日本の未来は危ない。多くの人がそう思っているらしい。日本の子どもたちも将来に夢を託していない。むしろ将来を悲観している。そういう国際比較がある。これも当然であろう。だって人口が減るというのは、子どもたちに「おまえなんか要らない」と言っていることだからである。老人は保育園なんかウルサイ、あっちに行け、と言う。ゴミ処理場や火葬場と同じ扱いですなあ。しかもこの二つも、社会には必要不可欠ですけどね。

（注1）内閣府が愛媛県今治市《いまばり》で獣医学部を開設する学校を募集し、のちに加計学園が選定された件に関し、朝日新聞が「総理のご意向」と記された文部科学省の文書の存在を報道。菅《すが》官房長官は「怪文書みたいな文書」と述べる。その後、前文部科学省事務次官の前川喜平氏が記者会見を行ない、「総理のご意向だと聞いている」などと記された文書の存在を示す証言を行なった。

わかりやすい世界

六月末から七月にかけて、半月イタリアに行った。連日晴天、気温は三五度。むろんこれは普通ではないと思う。

フィレンツェもヴェニスも、観光客で埋まっていた。私は鎌倉に住んでいるから、それには慣れている。それでも驚いた。生まれて初めてイタリアに行ったのは四十五年前、そのころは有名な観光地でも、いまよりははるかに空《す》いていた。世界が平和になったおかげか、時間と余裕のある人、つまり暇な人が増えたのであろう。それにしても大変な人数。そのなかに自分も混ざっているんだから、文句も言えない。

ローマ空港からフィレンツェに飛行機を乗り継ぐ予定だった。でもローマ空港をウロウロしているうちに、めまいがしてきて、吐き気が強く、フィレンツェ行きの飛行機の搭乗口近くのトイレでじっとしていた。目を開けると、世界が動く。これではどうしようもないから、先着してローマ市内のホテルにいる家族に電話で助けを求めた。

やがて救急隊員とストレッチャーが来て、ベッドのある部屋に運ばれた。めまいが治らず、目を開くと世界が回る。目を閉じれば大丈夫なので、内耳《ないじ》の平衡機能がおかしいわけではない。目からの入力と、平衡覚の釣り合いが変になったのである。そういえば暮れから正月にかけて、クィーン・ヴィクトリア号で船旅をした。そのときも、二日間もっぱら海上を航海して、カサブランカの港に入港し、船が揺れなくなった途端に、めまいがして倒れた。私がへそ曲がりだから、船が止まると船酔いになるのだと家内は言う。

ともあれ救護室で寝ていたら、若い医者がやって来て、何かブツブツ言う。吐き気止めの静脈注射をすると言っているらしい。しばらく休めば治る、何もしないでいい。そう言ったら、いなくなったが、間もなく今度は書類を手にして、またやって来た。何かと思ったら、「医療を拒否する」という書類にサインをしろという。ヨレヨレで倒れている患者に、横文字の書類を持ってきて、サインをしろはないだろう。そう思うが、口を利くのが面倒くさい。邪魔だから、サインを殴り書きしたら、いなくなった。

事ほどさように、現代医療はシステムなのである。医者はシステムの一部で、患者の都合や考えは関係がない。看護師が来て、血圧を測ろうとする。私なら脈を診《み》る。脈で血圧はある程度わかる。手を触っていれば、患者も落ち着く。手を握るのは、しっかりあなたの相手をしていますよ、というサインでもあるからである。それをせずに、ただ測定器具を持ってくる。人間より機械のほうが信用できるらしい。それなら患者の私が何を言おうが、発言に信用がないのは当然であろう。聞く耳も持たない。コンピュータが言っているならともかく、人が言うことなんか、信用できるか。俺だって医者の端《はし》くれだと言おうと思ったが、サインをする書類が増えそうなのでやめた。

血圧がわかれば、それに応じて手当てをする。問題は私ではない。血圧である。これは銀行の身分証明と同じ。話が突然でわからなくなった人もいるであろう。行きつけの銀行で、ある種の手続きをしようと思ったら、「先生、身分証明をお持ちではないですか」と訊かれた。普通は運転免許証なのだが、私は車の運転はしないので免許証はない。「健康保険証でもいいんですが」という。病院じゃないよ、銀行に来たんだよ。そう言いたくなったが、面倒くさい。「ない」と一言。「困りましたねえ、わかってるんですけどねえ」という。銀行員は私本人だと知っているのである。

そこで卒然として理解した。銀行というシステムのなかの私は、運転免許証であり、健康保険証なのである。いまならマイナンバーでいい。じゃあ、現物の私とは何か。ノイズ、つまり雑音の集合体である。そういう雑音を混ぜると、コンピュータが困る。データが多くなってムダ。データが多すぎると、機械が故障する可能性もある。

それでわかることがある。若い人たちが、会社のなかでもメールでやりとりをする。あれは本人という「ノイズの塊」を排除しているのであろう。SNSの画面に出ているものが同僚であり上役なのであって、人という、当の現物はノイズの集合体にほかならない。そんなものは消す。だから結婚もしないのかもしれない。結婚相手の現物なんて、ノイズだらけで、情報処理が困難である。ちゃんとノイズを処理済みにしてから来てくださいね。

そう思えば、わかりやすい世界になった。現物は不潔、猥雑《わいざつ》、訳がわからない。そういう存在は、ないほうがいい。それでコンピュータが人に取って代わり、世界を支配する、という幻想が生じるのであろう。そういう世界を懸命に構築しているのは、ほかならぬ自分だ。医者にしても銀行員にしても、そうは思っていない。

受験生を点数だけで測る世界で長らく生きてきた。辞めて正解でしたね。世界を数字で測ればわかりやすい。だからといって、世界自体がわかりやすくなったわけではない。ジュール・ルナールは「人は変わる」と言った。でもそれには続きがある。「でも、バカさ加減は変わらない」。社会も同じ。本人は進歩しているつもりらしいんですけどね。

第二章

口だけで大臣をやっているから、口だけで首になる

ブータン・ティンプーの街角
（写真提供：John warburton-Lee／アフロ）

ブータンの歯磨き粉

二十年ほど前にNHKの仕事で初めてブータンに行った。それから何度か行って、二〇一四年十一月またブータンに行った。たいていは取材絡みだが、今回は違った。太皇太后のご招待だったからである。

十年前に中央ブータンの高僧ロポン・ペマラ師に頼まれた。仏像を作りたいのだが、日本はお金持ちが多いから、寄付を集められないだろうか、という。その場で考えて、いくらくらい必要かと訊《き》くと、自分でもなんとかなりそうな額である。わかった、じゃあ寄付する。そう決めてしまった。たまたま家内と一緒だったから、話が早い。家内抜きで勝手に寄付なんか決めると、あとで叱られる可能性がある。

ペマラ師が仏像を置きたかった場所は、ブータンの八つの聖地の一つだった。八世紀のブータンに初めて仏教をもたらしたグル・リンポチェが、その八カ所で説教をしたという。その跡は滅んでいたが、十五世紀にペマ・リンパという偉いお坊さんが出て、その八カ所に寺を造った。いまも、そのうち七カ所には寺がある。でも八カ所目、オグロヅルが飛来するので有名なポブジカ谷には寺がなくなっている。そこに小さなお堂を建て、仏像を置きたい。それがペマラ師の年来の希望だった。しばらく経ってペマラ師にお会いしたら、お金は太皇太后にお預けしたという。太皇太后は仏像だけではなく、そこにお寺を再建することにしてしまったらしい。

ブータンで寺を新築するには、近隣の人の労働奉仕がいる。建設会社に頼んで、あとはお金を払えばいい、というわけにはいかない。おかげで十年くらいかかった。その本堂が完成したので、落慶法要に招待されたのである。最初は十一月中旬の予定で、私もそのつもりで予定を組んだ。ところが十一月十一日が前国王の六十歳の誕生日で記念行事が多い。お坊さんたちも出払ってしまう。それで十月に変更となった。急な変更だから、私の予定は変えられない。落慶法要が済んだ十一月に予定どおり出かけることにした。でもそのために記念行事に出席できたし、それはそれなりに面白かった。

ブータンの前国王はGNHを提唱したことで有名である。国民総生産（GNP）に対して国民総幸福量（GNH）と言ったのである。前国王が退位されたとき、お付きの官僚たちも一緒に辞めた。そのうちの一人に会って、GNHに関する意見を訊いたことがある。そうしたら指を丸めてお金の形にして、「所詮は金があっての話ですよ」と言った。この元官僚は息子を米国に留学させていたし、同居の家族、親戚縁者が一二人と言っていたから、もちろんお金がかかる。家長は大変に違いない。ブータンは世界の田舎だが、このあたりが田舎暮らしの問題点である。

二十年前から私のガイドをしてくれるゲンボー君は、いまでは首都ティンプー市内のアパートに住んでいる。友人と旅行会社を始めて、ガイドよりオフィス・ワークが多くなったといっていた。偉くなったわけ。そのゲンボー君に若いときの話を聞いたことがある。高校に入るために東ブータンの田舎から首都に出てきた。念のためだが、ブータンは教育と医療は無料である。勉強をしたい子は大学まで国が面倒を見てくれる。普段は裸足《はだし》で暮らしていたから、初めて高校で靴を履いたという。叔父さんの家に下宿したが、朝になったら叔父さんが歯を磨いていた。何をしているのか理解できず、叔父さんがいなくなってから、歯磨きのチューブをいじった。旨そうな匂いがするので食べてみて、とうとうチューブ一本、歯磨きを食べてしまった。そう言っていた。

私の世代は食糧難を通ったから、こういう話にはなんとも親近感がある。当時の家族写真が一枚残っているが、明らかに全員が栄養失調の難民に見える。いまの人には想像がつかないであろう。先日も戦時中に鎌倉の明治製菓の最後のメニューが焼きリンゴだったといったら、「最後のメニュー」の意味がわかりません、という問い合わせが編集者からあった。食糧難でどんどんメニューの種類がなくなり、ついに焼きリンゴだけになったという意味である。

そういう時代に強いのは食糧生産の現場である。私の家内は団塊の世代で北海道だが、食糧難なんて感じたことがない、という。同じ日本の中でそうなのだから、世界中を見ればいろいろな状況があって当然であろう。人は自分の目で世界を測る。当然といえば当然だが、自分がそうしていることだけは、心得ておいたほうがいいと思う。

大阪都構想投票　なぜ五分五分だったか

大阪の都構想はダメになった。結果的には住民投票はほぼ拮抗《きっこう》したといっていい。数だけで見るなら、五分五分というところであろう。

私は投票は五分五分が正しいというヘンな意見をもっている。こういうことをしようという提案に対しては、「やってみなければわからない」という本音をもっているからである。やってみなければわからない以上は、投票結果は五分五分が正しい。通らなくて残念だという意見も、通らなくてよかったという意見も、未来がわかっているという前提に立っている。私はそんなものはわからないという意見だから、どちらにも与《くみ》しない。

次のように仮定してみよう。投票者の半数が、本音と逆の投票をする集団があったとする。この集団に都構想の是非を住民投票で訊いたとしよう。本音では全員が反対だと仮定する。投票結果はどうなるか。五分五分である。なぜなら半分は本音の逆を投票するからである。では全員が賛成だと仮定しよう。やはり結果は五分五分になる。本音は賛成なのだけれども、半分の人は反対に投票するからである。

では本音が賛成八割、反対二割だったとしよう。賛成八割の半数は反対に票を入れる。つまり反対が四割。ところが残りの反対二割のうち、半分は賛成に投票する。結果を総計すると、なんと賛否はやはり五分五分。要するに半分の人が本音の逆を投票する社会では、本音の比率がどうであろうと、投票の結果はつねに五分五分になる。

そんな状況は実際にはないだろう。そう思った人は、岩村暢子《のぶこ》氏の本を読んでいただきたい。岩村氏は日本のフッーの主婦について、朝食に関する意見を丁寧に調査した。まず「どういうつもりで朝食を作っていますか」というようなことをしっかり訊く。それからインスタント・カメラを渡して、一週間続けて朝食の食卓の写真を撮ってもらう。その結果を最初の聞き書きと比較検討する。その結果は明白である。「日本の主婦の五〇パーセントは、言っていることと、やっていることが、一八〇度違う」。

半分の人が本音とは逆の投票をする。この半分というのはいわば特異点なのである。その場合だけ、本音の分布がわからなくなって、投票結果はつねに五分五分になってしまう。多くの人がそういうヘンな場合があることに気付いていないと思う。主婦の半数が本音の逆を言っているということは、旦那もおそらく同じだということであろう。それなら日本人の半分は本音の逆を言う癖があることになる。そういう社会で賛否を問う投票にはたして意味があるのか。

そんなバカな。そう思った人は、今度は高橋秀実『からくり民主主義』(新潮文庫)をお読みいただきたい。著者は原発や基地の町を取材する。まず賛成派のいわば親玉の家に行き、あれこれ意見を問いただす。そこで反対派の親玉について聞くと、「ああ、あそこの薬屋のオヤジね」とか、いとも簡単かつ親しげにいう。日常的にとくに対立しているわけではないらしい。結論は何か。原発や基地の賛否は、いわば五十一対四十九がもっとも望ましい。その場合が政府からの補助がいちばん多く受けられる可能性があるからだ。そういう結論になる。反対が圧倒的多数なら、そもそも基地も原発も来ない。全員が大歓迎なら、政府は地元にべつに補償なんぞする必要はない。

私は倫理道徳を述べているのではない。結果論を述べているだけである。原発反対や基地反対をからかっているわけでもない。世間の実際をきちんと見るのは難しい。問題の賛否だけに一生懸命になると、そこを忘れる。自分の意見をきちんと構築することは、自分のことなんだから可能かもしれない。でも他の人がそう考えてくれる保証なんかない。かといって、他人の意見ばかり調べていると、自分の意見を構築する暇がなくなる。

大阪の現在の年齢別の人口比を見ると、二十年前の鳥取県と同じだそうである。過疎で高齢化といわれた時代の田舎に、大阪や広島のような大都市が追いついたのである。橋下徹氏の活躍の裏には、そういう実態がある。私はそう思っている。人口はそう簡単に変えられるものではない。それをしっかり見極めて、どこがどうなってしまっているのか、きちんと考える暇も余裕も、現代人にはないのであろう。だからあれこれ、ジタバタする。

地震や津波と同じで、人口は自然に推移する。高齢化の問題も、三十年の辛抱である。自分の人生を考えてみると、三十年は長いようでも、短いようでもある。人口が減っていく社会では、どういう事が起こるのか。戦争の教訓と同じで、それをしっかり見極めることが後世のためであろう。

言葉で世界は動かない

私は言葉を信用していない。言葉で動くのは人で、自然やモノは動かない。

若いころにローマに行った。タクシーの運転手が、あそこのバルコニーでムッソリーニが演説をした、と懐かしそうに言った。ヒットラーも演説が上手だったらしい。初めはビアホールで演説をした。ただし夜の八時過ぎでないと話さなかったという。自分の感情に相手を巻き込むには、自律神経の状態が重要だと知っていたのであろう。

言葉を信じないなら、何を信じればいいのだ。「すること」に決まっている。だから多くの人が「すること」を隠すのであろう。べつにそれが悪いといっているのではない。でも「言うこと」と「すること」は違って当たり前なのである。

田中角栄元首相が北京に行き、「言ったことは必ず実行する」と言って、バカにされたという話がある。言ったことを必ず実行するなら、わざわざ言うことはない。黙ってやればいい。実行とは違う。むしろそこに言葉の意味がある。

そんな当たり前をわざわざなぜ言うか。現代社会くらい、言葉が横行する状況はないと思うからである。暴言、放言で首になった大臣が何人いるだろうか。口だけで大臣をやっているから、口だけで首になる。そう思うしかない。ネットが炎上する。すぐに訂正が入る。べつに言っただけなんだから、それで済む。

イギリス人のデービッド・アトキンソンが著書『新・観光立国論』（東洋経済新報社）のなかでイギリスのことわざを紹介している。「石や枝を投げられたら骨が折れるかもしれないけど、言葉にその力はない」。子どものころから、これを耳にタコができるほど聞かされた。そう書いている。イギリスが世界に冠たる帝国になったことに、こういう態度が与《あずか》って力があったはずである。ときどき言葉を止めて、世界に直面してみたらどうか。自分が何も見ていない、じつは何も知らない。そう気付くのではないか。

アメリカの行動生物学者は、正直者だけの社会は嘘つきの繁殖に絶好の環境を与える、と論じる。正直者だけの社会に突然変異で嘘つきが発生したとする。その嘘つきはとりあえず大儲けをするはずである。それなら嘘つきは必ず存在すると考えなければいけない。ブッシュ政権のときのネオコンは、正しい政治的目的のためには嘘をついてもいいという信条をもっていたと聞く。そもそも大量破壊兵器の存在もフセインとアルカイダの関係も、嘘だったことが世界中にバレた。殺されたフセインは死人に口なし。オレオレ詐欺の流行がそうだが、言葉と現実を峻別しない人が増えたのではないか。

不快な真実より、心地よい嘘がいい。それが聞き手の真実であろう。その意味では、私はよい教育を国から受けた。小学校二年生のとき教室で教科書に墨《すみ》を塗ったからである。気に食わない叙述には墨を塗ればいい。それが当時の文部省の公式の教育だった。以来私はそれを拳拳服膺《けんけんふくよう》している。『朝日新聞』には墨を塗ればいい。言葉とはその程度のものなのだ、と。

好きなコマーシャルは何ですか。そう聞かれることがある。「男は黙ってサッポロビール」。すぐにそう言うことにしている。「違いのわかる男」。これも好きだが、これはちょっと話がずれる。昔の侍は口数が少なかったはずである。巧言令色《こうげんれいしょく》鮮《すくな》し仁《じん》。武士の一言。

いまはおしゃべりだらけ。フェイスブック、ツイッター、メール。それならそれに適した言葉の評価があるはずである。それは言葉にあまり重きを置かないことであろう。

だから私は政治を好まない。いまではほとんど言葉だからである。国会は立法府で、立法とは法律を作ることである。でも法律は言葉でしかない。言葉を決めれば、世界が決まる。そう思っているに違いない。そう思えるように、社会を作ってしまったのである。

教育基本法で教育はどうなったか。事前の議論はあったが、事後の議論はまったく聞かない。言葉を決めれば、あとはどうでもいいらしい。だって政治にはそれしかできないからである。政治家が毎日、子どもの相手をしているわけではない。原発の運転も同じ。賛成も反対も言わない人が動かしたり、止めたりしている。だれかが黙って動かしたら、どうなるんだろう。これもテロの一種か。事故が起これば現場の人がいちばん大変だと思うけれど、そういう人は意見を言わない。戦争も同じ。兵隊が戦争の是非を論じていたのでは戦争にならない。

言葉で世界は動かない。そう思っているから、私は安心してこの原稿を書くのである。

状況依存

日本の文化では、主体を置かず、状況で動く。だから文章には主語を置く必要がない。たとえば近代の西欧語では、動詞がいちいち人称変化するにもかかわらず、人称代名詞を必ず主語に置く。I am a boy. というわけだが、このI（アイ）は不要だとお気付きだろうか。am の主語に立つのはIしかない。それならIをいちいちいう必要はない。am とあれば、Iが先立つに決まっている。現にラテン語ではいわない。デカルトの「われ思う」の場合なら、フランス語では「われ（je）」がいるが、ラテン語なら cogito の一言で済む。

欧米の家庭にお邪魔すると「お茶にしますか、コーヒーにしますか」と訊かれる。その真意は、客の嗜好を大切にしているからではない。現在の状況でお茶かコーヒーかを決定する主体が存在する。それは「あなた」だ。つまりメタメッセージとして、「主体の存在」を押し付けている。その主体が「選択」をする。アメリカの文化では、この

「われ」を具体的に選択と言い換えてしまった。そう考えてもいいであろう。

だから三歳の子どもが誕生日のお祝いに、木製のおもちゃの車をもらう場面で、周囲の大人が口々にいう。「この車の色を決めるのはおまえだよ」、と。アメリカ人なら、小さいときから「自分が選択する」ことを押し付けられる。客が座れば、黙って飲みごろのお茶と羊羹《ようかん》が出てくる。そういう文化ではない。

主体性という言葉に、若いときは悩まされた。学生運動華やかなりしころ、一度くらいは聞いたことがあるのではなかろうか。いまではもういわない。いまの若者は、主体性とは何のことかと思うに違いない。自己責任という言葉がその代わりに時に使われる。とはいえ、日本社会で自己責任という言葉は有効ではない。それは選択がないからである。自分という主体が存在して、それが選択したのだから、結果は主体つまり本人が背負う。でも多くの人が、暗黙にはそう考えていない。問題は選択ではなく、状況なんだから。陛下のご聖断が「やむなきに至りぬ」だったことを思えば当然であろう。選択しようにも状況はもはやのっぴきならない。これが日本社会の殺し文句である。

戦争責任という言葉が日本でじつは意味をもたないのも、そのためであろう。あの状況では戦うしかなかった。そう思っているから、その責任といわれても、状況に責任を負わせるしかない。では当時の状況を完全に説明できるかというなら、そんなことは初めから不可能に決まっている。だから「戦争責任があいまいだ、ドイツを見ろ」となるわけだが、欧米なら話は簡単である。「ナチが悪い」「ヒットラーが悪い」で根本的には済んでしまう。欧米全体が「主体という共同幻想」をもつからである。

主体がないから原始的かというなら、そんなことはない。状況依存とは、きわめて客観的な態度でもありうる。できる限りの要素を考慮に入れて決定する。そういうことだからである。むろん、それにはその欠点もある。物事がとくに根拠もなく、なんとなく決まってしまうときがあるからである。オリンピック・スタジアムが典型であろう。

安保論議(注1)がやかましい。これも状況依存の典型か。憲法第九条を拳拳服膺するかぎり、自衛隊の海外派遣は違憲であろう。じゃあなぜあえて違憲の法律を作るのか。状況が変わったからだ。現に政府はそういっているはずである。

それなら今回の安全保障に関する法案を作ったのは、北京政府とイスラム国だといっていいであろう。その背景にアメリカ政府を加えていい。国際的な「状況」が違憲を要請している。政府に「平和憲法を守る」気なぞ、そもそもない。そんなことをいうのは、左翼かぶれに決まっている。万事は状況に依存する。そう考えるのを「現実的」という。

私見だから、乱暴をいわせてもらう。日本の本土防衛はそもそも盤石《ばんじゃく》である。なぜなら最終兵器を沿岸に五〇余り、並べているからである。こんな国は世界のどこにもない。福島原発の事故が起きたあと、一週間以内に五〇〇〇人の中国人が新潟空港から帰国したと聞いた。アメリカ艦隊が近海まで来たが、放射能の危険を感じて、間もなく消えた。国土が占領される危険があるなら、この最終兵器を順次使えばいい。だれも日本に近寄りもしなくなるであろう。

自分も損害を受けるではないか。当たり前であろう。自分が損害を受けず、相手だけにダメージを与える。そんな甘い戦争はない。大日本帝国は中国と八年間戦った。その間、中国は本土決戦だった。日本は硫黄島と沖縄で手を上げた。どちらの考えが甘いか、よく考えたらいい。念のためだがヴェトナムはアメリカに勝った。前回も言葉について書いた。言葉や法律が国を守るのではない。国民の腹である。イラク派遣だけで自殺者が三〇人近く出る軍が、外地でどれだけ本当に働けるのか。神風特別攻撃隊を銃後で送り出した世代の老人だから思う。もう一度「本気で」防衛を考えていただきたいなあ、と。

（注1）二〇一六年三月から施行された平和安全法制について、「集団的自衛権」の行使に関して広範囲で議論が起こった。

米軍の「誤爆」

二〇一五年十月、国境なき医師団の病院が「誤爆」された。この爆撃がいわば既定の路線だということはわかりきっていて、岸田外相が爆撃を批判したくらいである。それならなぜ「誤爆」なんだろうと思う。米軍は以前から「誤爆」の専門家なんだから、もういい加減にこういう言葉はやめたらどうかなあ。コソボのときだったか、米軍がベオグラードの中国大使館を「誤爆」した。そのときの現場の指揮官の言い訳は「使った地図が古かった」。アフガンで川を掘っていた中村哲さんは米軍機にときどき「誤爆」されたらしい。日本の新聞も「誤爆」にカッコくらい付けたらいかが。

米軍が誤爆と発表しているのだから、それをそのまま「客観的に伝えた」などといわないでくださいね。戦時中の大本営発表だって、軍がいったことでしょ。それをそのまま報道して、あとは知らんぷり。以来、やってることは同じじゃないですか。

私は米軍が間違っているなどといっていない。そもそも戦時下で「中立」であることはきわめて困難である。情勢が緊迫してくるほど中立は困難になる。だから、どんどん敵味方が分かれてきて「世界」大戦になるんでしょ。戦時は両者がまさに命懸けで戦っているのだから、横から何かいっても、ムダに決まっている。そんなの、夫婦喧嘩の仲裁をしたってわかっているじゃないですか。むしろ真の中立は両者から敵と見なされるのが普通である。中立であるためにこそ、あらゆる意味での力が必要なのである。

それはともかく、ウソを少し減らしたほうが世の中がわかりやすくなるのではないか。昨今はそう感じることが多くなった。

米国の場合はまずネオコンが問題だった。息子のブッシュ政権のときである。このときのウソはひどくて、大量破壊兵器の存在も、フセインとアルカイダの関係もウソだった。私は9・11のテロ話にもかなりのウソが交じっているという意見である。なにしろネオコンの人たちは、正しい政治的目的のためなら、ウソをついてもかまわない、という考えらしいのである。私はウソをついてはいけないとはいわない。でもネオコンの意見には反対で、政治家は正直なのがいちばんだと思っている。世間に余計なコストを掛けないからである。偉い人がいうことを、いちいち疑っていたのでは、面倒でやりきれない。

もっとも政治家は正直であれなんて、そんなことを思っているのは、私が世間知らずだからなのであろう。現実はそんな甘いもんじゃない。いまだにオレオレ詐欺であれだけ騙される人がいるじゃないか。正しい目的を達するためには、そんな連中は騙しておけばいい。どうせわかっちゃいないんだから。それが世界の常識なのかもしれませんね。

このところの日本では、三井不動産のマンション、東洋ゴム、東芝、その他もろもろ。ＳＴＡＰ細胞がありましたなあ。『朝日新聞』の従軍慰安婦。(注1) 国際的には南京大虐殺三〇万人。広島で何人死んだのでしたかしら。落ちたのは原爆ですよ、原爆。それでも三〇万人は死んでませんね。

べつにウソなんだから、どうでもいいといえば、どうでもいい。ウソとかテキトーというのは、世の中が円滑に動くには必要だとわかっている。私が若いころは、患者さんにはガンだとは告知しないのが普通だった。つまりウソのほうが普通だったのである。そうなると放射線科の医師は四苦八苦の説明をする羽目になる。それなら患者さんはそれを信じていたかというなら、それは違う。医師が四苦八苦の説明をしたら、付き添ってきた奥さんが「でも先生、放射線をかけるというのは、主人がガンだからだと違いますか」と医師に訊いてしまった。そうしたら患者さんである旦那が「先生にそんなこと、言うもんじゃない」と奥さんをたしなめたのである。

目を三角にして他人のウソをとがめても仕方がない。でもウソはつかないほうがいい。あとで話がいろいろ面倒になる。個人のウソは憎めないことが多い。でも組織のウソはいただけませんなあ。だからウソをつかざるをえない地位には就きたくない。現役のころ、科学研究費を申請する書類を書かないことに決めた。だって「この研究の有用性」などという項目があって、そんなもの、結果が出てみなけりゃわからない。あえてそれを書く。そういうことを繰り返していると、ウソをつく癖がつく。そう思ったから、私は申請書類を書くのをやめた。でもそうすれば、当然ながら研究費はもらえない。

社会システムが、時と場合によっては、こういうふうにウソを強要しているのも事実である。それに個人で反抗すれば、それなりに損をする。でも捨てる神があれば、拾う神がある。私はそれでも生き延びてきたから、拾う神がいたのであろう。目先の得だけ考える。この習慣をやめれば、社会のウソはずいぶん減ると思いますよ。

（注1）二〇一四年八月、『朝日新聞』は一九八二年から数年にわたって報じた、吉田清治の慰安婦強制連行の証言を虚偽と認定し、記事を撤回した。

イスラム国を生んだもの

個人番号が決まった。あれってなんだろ。多くの人はそう思うに違いない。なんだか気に入らない。そう思う人も多いらしい。財務省が税金をきちんと取る都合だろうという人もある。それにしては大げさな。マイナンバーと称して英語なのも気に入らないなあ。

生まれたときに、私は名前をもらった。それは使えないのか。同姓同名はどうする。そんな問題があるのか。それならそういう場合だけは、田中一郎aとか、bとか、すればいいじゃないか。そんなことをするより、全部を番号にしたほうが早いよ。

誰にとって早いのか。コンピュータであろう。コンピュータの世界はシステムという言葉を多用する。それが一つの世界をすでに創り出している。そのシステムの中の私がつまり個人番号だと思うと、話が理解できるような気がする。姓名とは、古いシステムの中の私である。

夫婦別姓か、同姓か。そんな議論があるらしい。個人番号にはそれがない。偶数は女、奇数は男にしてある。そんな話は聞いてない。個人番号の世界では、とりあえず姓名なんて古くさいものはいらない。

コンピュータの原理を拡張してシステム化し、世界に応用する。コンピュータの原理は簡単である。いわゆるデジタルというもので、文字も写真もゼロと一で書けてしまう。あとは計算のようなさまざまな論理的手続きがあって、それをアルゴリズムと呼ぶ。ゼロと一から、アルゴリズムを使って構築していく世界システム、それが合理的、効率的、現代的なシステムである。私が育ってきた古い世間は、自然発生したシステム。もちろんそこにもアルゴリズム的なものが入っているが、それが主体ではない。というより、アルゴリズムを使って意識的に構築されるシステムが現代的なシステムなのである。

歴史的にひとりでに発生してしまったシステムと、アルゴリズム的に創生されたシステム。現代はさまざまな場面で、この二つが角逐《かくちく》を繰り返している。進歩主義的にいうなら、新しいシステムが勝つはずだが、そこがなかなか読み切れない。なぜならヒト自身がどっちに属するのだ、という問題があるからである。ただし大会社では、行く先が見えている。多国籍企業とは、新しいシステムを創り出し、それにどんどん適応していく企業である。このシステムは普遍性が高いから、ローカルな事情は無視する。無視しないとすれば、普遍的なルールの中での「誤差」として処理する。

両者はものの見方が違っている。テロを考えよう。古いシステムからの見方だと、イスラム国（以下、ＩＳ）は政治的な問題である。だから世界の首脳が集まって、テロを撲滅するという。私はそんな声明は聞く気もない。なぜかって、テロは新しいシステムにすでに作り付けになっているからである。だから飛行機に乗ろうとすれば、あなた自身がテロ容疑者になる。古いシステムで育った私は、俺がテロリストだというのかと怒るが、怒っても意味がない。現場でトラブるだけ損をする。

私はＩＳをアラブの古い社会システムと、多国籍企業に代表される新しいシステムの相克だと考えている。欧州の古いシステムにも新しいシステムにも参加できなかった若者がＩＳに参加して、テロリスト候補になる。古い見方からすれば、政治思想の問題になってしまうが、若者にそんなものがはっきりあるはずがない。そんなもの関係ない。

当人たちはそういうに違いない。

日本社会でも格差がいわれて久しい。格差がどんどん拡大するという。古いシステムでは新聞社は大企業だった。いまでは新聞の事業そのものが存続を危ぶまれている。というより、社員自身が本音ではこんなもの、将来にわたって続くわけがないよなあ、と思っているに違いない。そういうシステムが拡大するはずがない。それなら古いシステムに参加できない人が増えて当然であろう。では新しいシステムはというと、できる人しか入れない。なにしろ頭を使わなきゃならない。それが得意な人はあまりいない。しかも本当に創造的な人なら、アルゴリズム的なシステム社会にはそっぽを向くはずである。でも結果は合理的、効率的、つまり経済的なんだから、アルゴリズム的システムはいわば勝手に成長し、進行する。

今日の新聞を見たら、「超スマート社会」と一面トップに書いてあった。そういう社会で最初に消えるのは新聞だろうなあ。意地悪な老人はそう思った。そういう勝手な進行が頭に来た連中が、たとえばテロを起こす。

これが「正しい」世界の見方などと主張する気はない。でも、アルゴリズムとは意識のもつ規則にすぎない。意識がないときにも律儀に働いている細胞はどう思っているのか。細胞に訊いてみたい気がしますなあ。

デジタル社会のアナログ人間

国民投票が流行らしい。イギリスのＥＵ離脱が典型であろう。私はこういうことは皆目理解できない。理解できないから、論評できない。ただ素人としての疑問がある。それはそもそも国民投票とは何か、という疑問である。なぜ、そんなものが流行《はや》るのか。

この種の投票は、離脱か、否か、という二者択一である。ここが俗耳《ぞくじ》に入りやすいのではないかと疑う。山下奉文《ともゆき》がマレーで英国司令官のパーシヴァルにイエスかノーかと迫った。そういう話は聞いたことがある。私は古いから、そういう断片的な記憶だけが残っている。こういう逸話が残るということは、わかりやすいからに違いない。イエスかノーかなら、子どもだって返事ができる。そこで迷うのは、優柔不断かバカか、どちらにしてもダメなヤツであろう。

ＥＵ離脱といっても、手続きがかなりややこしいらしい。そりゃそうでしょうね。具体的な事になると、厄介《やっかい》に決まってますな。どの部分がいつから離脱になるのか。ＥＵ

に参加するときに、たとえば国内法も変えなければならなかったはずである。オーストリアで聞いた話だが、オーストリアの葬儀社は公営だった。でもEUのルールでは葬儀社は私企業でないといけない。そこでオーストリアは葬儀社を私企業に変えた。ところが、さらにそれ以前のオーストリアの葬儀社は私企業だった。十九世紀にはオーストリアは妙に葬儀が派手な文化で、葬儀社は儲かったらしい。それが不合理だというので、わざわざ葬儀社を公営に変えていったのである。ところがEUに参加することになって、再び私企業にしなければならなくなった。ウィーンには葬儀博物館というのがあって、そこで聞いた話である。

その種のことが社会のあちこちにあるはずだから、私なんか、面倒くさくて何もする気がしない。幸い私はEUとは何の関係もないから、そりゃ大変ですなあ、と口でいうだけである。

離脱か否かと問えば二者択一である。でも現実はそんなものではない。離脱しようがするまいが、関係は残る。どういう関係をどういうふうに残し、どう変えるか。ああ、そう考えただけで面倒くさい。離婚手続きと思えばいいのであろう。離婚したって、子どもをどうするかという問題は具体的に残る。

さて、なぜこの話を持ち出したのか。国民投票が流行るとしたら、ちょっと疑いたくなることがある。それはデジタル社会である。デジタルとはつまり、ゼロか一か、を基準とする社会である。コンピュータだと、これがいちばん扱いやすい。ゼロと一との二進法だと、たとえば数字は二個あればいい。五とか六とか、余分な数字を覚える必要はない。十進法が伝統的に普通なのは、手の指が十本あるからにすぎない。

そういうデジタル社会はとうの昔に到来している。それならそういう社会の人間は、デジタルに暗黙の影響を受けるのではないか。国民投票がそれではないかと、私は多少疑っているのである。離脱が一なら、残留はゼロ。それしかない。ホラ、わかりやすいじゃないですか。コンピュータの中身は全部そうなっているんですからね。

人生、生きていれば一。死んだらゼロ。人生もこれに尽きてしまう。生きているってどういうことかといえば、本当はゼロと一の間。ゼロと一の間には無限の数が詰まっているが、現代人はそんなことは考えない。ゼロか一か、どっちかに決まっているじゃないか。それでお終《しま》い。これでやっていくから、どんどんゼロと一の間が消える。そんなもの、「ない」ということになってしまう。離脱でもないし、残留でもない。そういう状態はコンピュータ様が許さない。北朝鮮のわれらが偉大なる首領様の暗黙の意図を汲《く》んで配下どもが行動する。それと似たようなこと。どっちかにしなきゃダメ。

　私の家のテレビはいつの間にかデジタルテレビになった。アナログだと映らないから、しょうがないのである。ところでテレビをアナログにするか、デジタルにするかという国民投票はありましたっけ？　じゃあ、なぜデジタルになったのか。自分で私は理由がわかっていると思っているが、説明が面倒くさい。テレビもスマホもパソコンもカメラも、いまではすべてデジタルですよ。だから国民投票なんでしょ。ゼロにするか、一にするか。国民はゼロと一の間なんか、面倒くさくて考えたくないんだと思う。でも人生はゼロと一との間にしかないんですよ。

　半月ブータンにいて帰ってきたら、アナログになってしまった。Ｗｉ-Ｆｉがないわけではないが、あまりよく機能していない。面倒くさいから、電話もメールも諦めた。アナログ人間に戻ったら、気持ちがよかった。

　なにしろ首都ティンプーの目抜きの交差点にイヌが寝ている国である。車は全部、イヌを避けて通行する。この交差点に官僚が信号を付けたことがある。王様がそれに気付いて、怒ったらしい。人間には良識があるだろうが、良識が。機械に依存するとは何事か。それで信号は廃止となり、信号を付けた官僚はクビになった。

私は老人だから時代には完全に遅れている。でもひょっとすると、アナログ時代が戻ってこないとも限りませんね。デジタルはコンピュータに任せりゃいいんですからね。いまのところ、コンピュータに虫捕りはできませんねえ。

EU離脱とトランプ

二〇一六年の出来事で、興味を覚えたことが二つある。一つは英国のEU離脱、もう一つは米国のトランプ大統領の誕生である。この二つには、共通点がある。一つは多くのメディアの予測ないし希望に反したこと、もう一つはどちらもアングロ・サクソンの社会だということである。

思えば英国はいわゆるグローバリズムの先端を切った国である。日の没するところなしという世界帝国を初めてつくったからである。物理的グローバル化とでもいうべきか。その子どもである米国は前世紀から今世紀にかけて情報化の先端を走った。グローバル化とは、ヒト・モノ・カネが国境を越えて自由に行き来することを意味するらしい。それにさらに情報を加えるべきであろう。マックやアップルのない世界はもはや考えられない。旧ソ連の崩壊は衛星テレビの普及が一因だとされる。鉄のカーテンの内側でも、西側の豊かな生活が見えてしまうようになったことが問題だった。

ＥＵ離脱とトランプ当選という二つの現象が、なぜメディアの予測に反したのだろうか。メディアは暗黙の裡《うち》に情報のグローバル化を当然と信じ、その傾向がどの分野でも、時間的にも、どこまでも続くと暗黙に仮定していたのであろう。しかし日本の新聞やテレビを考えても、素直に考えれば、それが成り立たないことは明らかではないか。なぜなら日本語で書き、語り、日本の読者や視聴者によって営業を成り立たせているのだから、日本のメディアはグローバル化には本当は反対でなければおかしい。つまりどう考えたって、自分の仕事を思えば、どこかでグローバル化には終点が来なければならないはずなのである。さもなければ、仕事のほうに終点が来る。日本のメディアはおそらく後者の解釈を採っているのであろう。それなら仕事をさっさとやめて、グローバルな仕事をすればいいじゃないか。

グローバル化に邁進してきた二つの社会が、ちょっと足踏みをした。ＥＵ離脱とトランプの当選は私にはそう見える。右のように見れば、それは当然であろう。べつに二〇一六年でなくてもいい。いずれ来るべきものが来たとも見える。グローバル化が必然だと見れば、この二つは一時的な後退であろう。実際にはグローバルとローカルは、互いに角逐を繰り返しながら、いずれ収まるべきところに収まる。そう考えるのが、常識的ではないか。

私は科学研究の世界で過ごしてきた。その世界ではグローバルが常識だった。だからノーベル賞なのである。運動ならオリンピックであろう。頭の中がノーベル賞で、身体がオリンピック。これでは、ほとんどの人が規格から外れてしまう。並の人間はどうすりゃいいのだ。素直に考えてみたらいかが。

並の人間の生き方を無視した価値観を称揚してきた結果が、ＩＳであり、テロではないのか。欧州に移民した人たちの二世からＩＳに参加する若者たちが生まれる。自分が生まれ育った故郷を捨てて、新しい生活に入ることは、おそらく大変な努力が必要なのであろう。私はやったことがないから、わからない。でも、米国はそうした人たちによって生まれた国である。日本も古くはそうだったに違いない。遺伝子的に見れば、日本人は徹底的に混血しているはずだからである。そこでは多くの食い違いが生じ、それが日本の場合には「和を以《もっ》て貴しとなす」になったのだと思う。喧嘩ばかりしているから、和が大切なのである。平和だから、和が大切だと聖徳太子がいわれたわけではあるまい。

　グローバルもローカルも、適度に収まるはずなのである。上記の二つの現象は、その釣り合いを取ろうとする動きの一つである。私はそう思う。それが米英両国で生じたことに意味がある。どちらも世界史的に見れば、要するにグローバル化の震源地だからである。そこに多少のブレーキがかかった。それはそれでいいので、いずれまた逆向きになって、グローバル化のほうに進む可能性も高い。上下に揺れながら、収まるべきところに収まるはずである。

　グローバル化する世界にお付き合いしながら、私はローカルで頑張ってきたと思う。論文を日本語でしか書かない。そう公言したときに、学会で注意されたことがある。若い人たちに英語を勉強しろといっているのに、東大の教授にそういうことをいわれては困る、と。

　当時はまだグローバルなんて言葉は使われていなかった。「国際的」といっていたはずである。

　べつに、どっちだっていい。私はそう思っていた。ただ「英語で書かなきゃいけない」というのが気に入らなかっただけである。だって私は日本語で考えているんですからね。英語で考えるなら、英語圏に行く。素直に考えたら、そうなるんじゃないかと思うんだけど。また、へそ曲がりといわれるかもしれませんね。

第四章

半分生きて、半分死んでいる

鎌倉・海蔵寺にて（撮影：Shu Tokonami）

殺しのライセンス

メディアは忙しい。『朝日新聞』の誤報問題、STAP細胞が終わったと思ったら、今度はテロ、イスラム国で報道が埋まってしまった。次は何だろう。

成田エクスプレスに乗って成田に行った。飛行機に乗るためではない。成田市内のホテルで講演会があったからである。成田空港駅を出入りするには身分証明がいる。外国旅行ならパスポートを持っているが、ただ成田に行くだけだから、それを忘れた。手持ちのクレジット・カードを何枚か出して勘弁してもらった。私は運転免許証を持たないので、銀行でも始終困る。

私は鎌倉で生まれて育った。でも鎌倉の郵便局や銀行で年中本人確認を求められる。運転免許か健康保険証はありませんか、という。ひどいときは、私の顔を見て、わかってるんですけどね、という。見りゃあ本人だとわかっている本人に、本人確認の書類を求める。書類が私なのか、私は書類なのか。ヘンな時代だなあ。

本人が存在しなくて、書類が存在する時代を、何といえばいいのだろうか。以前はよく「人間不在」と言っていたような気がする。いまは言わない。不在で当然、になったからかもしれない。コンビニで煙草を買うと、齢《よわい》八十になろうかという白髪の老翁が「私は二十歳未満ではありません」という画面にタッチしなくてはならない。煙草のみへの嫌がらせかなあ。

ああ、歳をとった。そう思うことが何度もある。たとえば涙もろくなっている。テロの報道と安倍首相の顔をテレビで見たあとで、与謝野晶子《よさのあきこ》の詩を突然に思い出した。

「ああおとうとよ　君を泣く　君死にたもうことなかれ　末に生まれし君なれば　親のなさけはまさりしも　親は刃をにぎらせて　人を殺せとおしえしや　人を殺して死ねよとて　二十四までをそだてしや」

口ずさんで、ひょっと涙が出そうになる。しばらくあとに、また別の歌を思い出す。

今度は「水師営《すいしえい》の会見」。ステッセルが乃木大将に尋ねる部分。

「この方面の戦闘に　二子を失い給《たま》いつる　閣下の心　いかにぞと」

「二人のわが子それぞれに　死所を得たるを喜べり　これぞ武門の面目と　大将答え力

あり」

これでまたホロリとする。べつに矛盾ではない。どちらも肉親の死を思う心を詠《うた》う。

そんな思いでいるところに、毎度のことだが、エホバの証人の人たちが訪ねてきた。聖書がどうとかいうから、イスラム教もキリスト教もユダヤ教も、旧約聖書は共通のはずじゃないか。「あの中にたしか『汝《なんじ》、殺すなかれ』とあったはずだ。それなら聖書のことをこちらに言わないで、あの人たちに言ってくれ」とつい言ってしまった。

思えば、私が生きているあいだだけでも、どれだけの人を、どれだけの人が殺したのだろうか。経済の統計ならたくさんあるんだけど、その種の統計はあまり見ない。聖書は世界最大のベストセラーだという。ブッシュ前大統領なんて、聖書を文字どおり正しいとするファンダメンタリストだったはずだがなあ。それともあの部分はヒロシマ、ナガサキのあと、GHQの指導で墨を塗ったのだったか。ボケたので覚えていない。でも『十戒』というハリウッド映画は、「九戒」にはなっていなかった。

歳のせいで、むろん死ぬことを考える。私が死んだって、私は困らない。困る私がもういないんだから、当たり前である。ただいま現在、世界中で臨終を迎えている人も、おびただしくいるであろう。そういう死は私に無関係。その人たちが死んでいることにすら、気が付かない。それなら死とは何か。親しい人の死、専門的にいうところの二人称の死に決まっている。人が死を感じ、死が人を真に動かすのは、その場合だけである。

人間不在とは、二人称が減ることである。現代に存在するのは「人」という概念、プラトンのイデア的な人であろう。メディアにはテロリストがいるし、ヘイト・スピーチには朝鮮人や中国人がいる。だから、ナチの収容所をいくつか生き延びて出たヴィクトール・フランクルは『夜と霧』を書いた。この本の中にユダヤ人という言葉は一つもない。ナチもないと思う。国連事務総長だったワルトハイムは、若いころヒットラー・ユーゲントだったと非難された。あのときフランクルはワルトハイムを擁護し、多くの「ユダヤ人」に非難された。フランクルにとって、ワルトハイムは二人称だった。

「人を殺してなぜいけないのですか」。しばらく前に高校生がそう質問をして、大人が答えに窮したという報道があった。藤原正彦流にいえば「ダメなことは、ダメなんです」で終わりだが、死を知らなければ、こういう質問が出て当然であろう。死の基底には強い二人称関係がある。それを消していけば、同時に死も消える。そうした社会は人びとにじつは暗黙の「殺しのライセンス」を与えているのであろう。

意識をもつことの前提

意識という機能の大きな役割の一つは「ああすれば、こうなる」である。ああすれば、こうなる。こうすれば、ああなる。

乳製品を日々一定量摂《と》れば、動脈硬化が予防できる。もちろん逆もある。乳製品にはホルモンが含まれているので、乳がんや前立腺がんの確率が上がる。じゃあ、どうすればいいのだ。「どうすればいいか」という、その質問自体が「ああすれば、こうなる」である。現代人はその中をひたすら右往左往しているように見える。

その意識という働きは、どの程度に信用が置けるのか。われわれは毎日、一定時間意識を失う。夜になると寝るからである。寝ているあいだは、ああするもこうするもない。では、意識を失おうと決心して寝るのか。否、いつの間にか寝ている。つまり意識の喪失に意識自体は関与していない。目が覚めるときも、勝手に目が覚める。意識がひとりでに戻ってくる。つまり意識という働きは、意識とは別のものが管理している。

そんな他動的なものが、なんと意志だとか、決意だとか、あれこれいう。精神一到、何事かならざらん。意識はそういう。精神一到では眠れない。目が覚める。じゃあ徹底して起きていられるかというと、いつの間にか寝てしまう。いったい意識とは主人なのか従僕なのか。

実情から見れば意識はあなた任せ、つまり従僕だが、意識自体はそう思っていない。自分が主人公だと思っている。だから実の主人のことは思いもしない。じゃあ、誰が主人なのだ。体に決まっている。体の都合で目が覚め、体の都合で寝る。ところがその体を、意識は自分の思うようにしたいと思う。なにしろ「主人」なんですからね。だから健康志向になり、サプリメントを摂り、ジョギングをし、ダイエットに励み、禁煙し、そのくせ家でもオフィスでも、体は動かさずにじっとしている。意識がはっきりしているあいだは、体が余計なことをしては困る。そう思っているからであろう。そのぶん運動不足になって、やがて糖尿病になる。

その意識が「ああすれば、こうなる」という。本当に、いつまでこれをやってんだろ。その伝で人生を語るなら「生きていれば死ぬ」のである。こういうと、「じゃあ、どう考えればいいんですか」と来る。禅の教えがよくわかるではないか。どう考えたっていいのですよ。どうせ頭の中なんですからね。只管打坐《しかんたざ》、じっと座っていればいい。外から見れば、考えているのと同じ。将棋では「下手の考え休むに似たり」というではないか。

情報化社会とは、要するにすべてが意識化される社会である。映像のように、意識がすべてを捉えきれないものを一部に含むけれども、それはむしろ偶然という救いと見るべきであろう。テレビ・カメラが通行人をうっかり捉えてしまえば、プライヴァシーの侵害になるかもしれない。天下の公道を歩いていて、プライヴァシーもクソもないわ。そう思うのは私が年寄りだからなのであろう。さすがに京都は古い都市文化をもっている。「どちらへお出かけ」「ちょっとそこまで」。

都市文化とは意識の産物である。だから私はほとんど定期的に田舎に行く。田舎に行けば、ひとりでに身体が優先する。ここ一週間、私はボルネオの山奥にいた。もう年寄りだから、べつに飛んだり跳ねたりはしない。小屋にいて、いちばん涼《すず》しそうなところでじっとしている。とくにすることもない。仲間は虫採りに出かけてしまう。居心地のいいところで、じっとしていることは、ネコから学んだ。何もしないから、「ああすれば、こうなる」もない。「生きていれば、あとは死ぬだけ」、因果関係なんて、それで十分ではないか。

津波も原発も、十分にコントロールできないことは、もうよくわかったと思う。それで欲求不満になるのは、どこかでコントロールできると思い込んでいるからである。何事であれ、「ああすれば、こうなる」んですからね。患者さんが幻覚をもつと、周囲はそれを幻覚だという。そういっているほうは、自分が見ているのは幻覚ではない、現実だと信じ込んでいる。じつはすべては意識のイタズラだけど、いつもそう思っていたのでは、人生が面倒くさい。だから、いちおう共同幻想で生きる。それでいいし、それしかないのだが、ただしすべては幻覚かもしれないよ、と「意識しておく」のが、意識のいちばん重要な前提であろう。脳をいじれば、意識は消える。麻酔薬でも消えるし、アルコールでも変質する。それも多すぎれば、意識が消える。その程度のものを信じ込んで、人殺しをしたりしてはいけませんよ。本当は意識という従僕に世界を変える権利なんてないんだから。あらゆる技術は、本来は体を使ってやるのが正しいと思うんですけどね。そう思って、私は手で虫を捕まえるのである。

公が消える時代

南の国では人が働かない。なんとなくそんな印象がある。シンガポールは赤道直下で年中暑いはずだが、経済がそれなりに順調だということは、よく働くのであろう。それなら暑いから働かないというわけでもないらしい。

働くか、働かないかより、システムの問題かもしれない。日本は古くから社会システムがしっかり構築されていて、暑かろうが寒かろうが、そのシステムが動く。だから山手線も新幹線も時間どおり来る。私は勤めを辞めて長いことになるから、直接にはシステムから外れている。じつはとくに働く必要もない。それなら休んでいるかというと、クソ暑いのに原稿を書く。自分でバカかと思うが、システムの中にいたときの癖が抜けないらしい。

日本の社会システムがいかに強固か、それは戦後に思い知った。あれだけの戦争をして大きな犠牲を出したのに、いわばケロッとしている。いつの間にか復興して、高度経済成長になった。その理由はいろいろ挙げられると思う。でも日本は戦前から経済大国で、それに戦後の人口増があってGDPが増えた。それに加えて追い風が吹いた。いわゆる高度成長期に日本が中東から買っていた原油の価格は、当時、米国の企業が米国産の原油を買うより三割安かったという。出光佐三の回顧録にそう書いてあったのでビックリした。

人口増や原油安は自分の功績ではない。いわば神風である。それで高度経済成長だったかもしれないのである。でもそう思うよりは、自分が努力したからだ、と思いたいのが人情であろう。成功すれば自分のせい、失敗すれば他人のせい。明治以来の国是は富国強兵だった。一方の強兵は敗戦でパーになり、高度経済成長で富国だけが残った。でも、それもボチボチ強兵と同じだったんじゃないかという思いが生まれてきた。ともかく私は個人的にはそう思っている。

日本の社会システムを慣習的に世間と呼んできた。世間が社会という言葉に変わったのは明治からで、それは異国の社会が目に入ってきたからであろう。自分が所属している社会を世間と呼ぶ。だから、異国の社会を表現するには「社会」という言葉を新造するしかなかった。社会をひっくり返せば会社になる。

社会という言葉が普通になったときに、世間はどうなったか。明治にはそれが和魂洋才の和魂になった。私はそう考えている。和魂は「たましい」だから世間じゃない。それが常識だと思う。でも、西洋から何を持ち込んでも壊れないのが和魂である。それを具体的に考えたら、世間であろう。その世間は暗黙のルールをもっていて、それが強固なものだったのである。でもさすがに戦後七十年経ってみると、その世間の強固さがかなり怪しくなってきた。もはやボロボロじゃないか、という気がしないでもない。

憲法というと第九条という話になるが、実際に大きかったのは家制度を代表とする、民法の変化であろう。戦争はたまにしかないが、生活は日常である。その日常の常識を変えたことが、世間に影響しないはずがない。たとえば核家族が増えた。その結果は単身所帯の増加で、横浜市なら三分の一が単身所帯だという。畳の上で大勢がゴロゴロしていた昔が嘘みたいである。そもそも単身を所帯ということ自体がヘンだが、そういわれているから仕方がない。

個人中心の社会というタテマエはつくったものの、どこかまずいと思わないだろうか。だから会社が社会の代わりを長らくやってきた。それもしかし正規の雇用に限られるし、いつまで続くか、わかったものではない。とくに老人になって所属するものがないと、新幹線にガソリンを持ち込んで、火をつけるということになるのかもしれない。

あらためて「人は何のために生きるか」を思う時代になった。仕事で忙しいうちは、そんな悠長なことを考える暇はない。しかし百歳超が六万五〇〇〇人を超えるとなると、考えざるをえない。ナチの強制収容所をいくつも通って、無事に生き延びたヴィクトール・フランクルの言葉がある。

「人生の意義は自分の中にはない」

自分が死んでも、自分は困らない。困る自分がいなくなるからである。それなら逆に、人生とは世のため、人のためではないのか。だから神風特別攻撃隊だった。

戦後七十年、私が生きてくる間、人生とは自分のため、自己実現、本当の自分を探すことだとされてきたような気がする。それはどこまで本当か。日本のシステムでは商売は三方良しである。店良し、客良し、世間良し。「自分」はどこにも入っていない。それを私は「公」と呼びたい。国だけが「公」というわけではない。こんなことをいうと、怒られるかもしれないなあ。でも言ってしまう。国だけを公とする考えを右翼といい、個を公とごっちゃにするのを左翼という。左右が表に出てくる時代は、むしろ公が消える時代ではないのか。

俺の戦争は終わっていない

長年、政治は嫌いだった。好き嫌いは個人的なもので、べつに他人にどうこう説明するようなことではない。要するに、嫌いなんだよ、でお終い。

ただもちろん、長年生きてくると、どうしても政治的なことに関わらないといけない義理ができてくる。でもそれは義理だから仕方がないので、たぶんこれが市民としての最低の政治参加であろう。時評の嫌な点もそこにある。世間を話題にすれば、どうしても政治に関わることが出てくる。そうなると、ああ、面倒くさいなあ、と思う。いちばん極端にそれをいうと、「人間の作ったものに興味はない」ということになる。政治くらい人間らしいものはないので、虫だけ見ていれば、政治は関係がない。

どうしてこうなったのだ。ときどき自分で反省する。政治とは、世のため人のために何かすることである。それがいちばん大切ではないのか。それはわかっているけれども、世のため人のために正義を行なおうとすると、たとえば戦争になる。なんとかそうならないで済ませようというのは、家庭の中だけでも容易ではない。まあできるだけ夫婦喧嘩、親子喧嘩を避けて、憲法に定められているとおり、絶対平和主義で行く。それが私の通例である。それでも中年まではとてもそうはいかなかった。なんだか年中、家庭内で喧嘩をしていたような気がしないでもない。

現役時代は大学だったから、喧嘩はあった。それがいちばんひどかったのは、いわゆる大学紛争の時だった。教師と学生が争う。学生同士も争う。自分が何かしようと思っても、両側から突き飛ばされる。力がないというのは、そういうことである。紛争時にはさすがに助手会というのができて、発足時にはたしか二五人メンバーがいた。月に一度は集まったが、だんだん人数が減って、最後には四人になった。私は真面目に出ていたから最後まで残ったのだが、二五人が四人に減ったのは、要するに無力だったからである。暇をすべて運動に集中できる学生と、給料をもらっている以上はやむをえず正面に出る教授会のあいだで、ひたすら無力をかこっていた。教授会なら制度上ちゃんと存在するけれども、助手会には正規の資格はむろんない。

その前が戦争だった。頭の上から焼夷弾《しょういだん》が降ってきても、手も足も出ない。一度だけ、Ｂ29が燃えて夜空を落ちていくのを見た記憶がある。当たり前だが、ああいうことに子どもが手を出せるわけがない。思えば、あのあたりから、私の政治への無力感が始まっていたのかもしれない。

なぜこんなことを考えたかというと、本を読んだからである。一つは加藤典洋『戦後入門』（ちくま新書）、もう一つは竹田恒泰『アメリカの戦争責任』（ＰＨＰ新書）。そうかあ。私より若い世代は、こういうことを書こうとするのかあ。そう思って正月疲れで寝たら、初夢を見た。中国旅行中に追いかけられて、必死で逃げているのだが、理由は私が反中国だからららしいのである。

人を動かしているのは、根本的には無意識である。私は中国本土へ行ったことがない。行く気もない。その意味ではたしかに反中かもしれない。アメリカには行ったけれど、それは用事があるからで、そうでなければ行きたくない。観光旅行なんて、とんでもない。留学先はオーストラリアだった。ここではキャンベラの戦争博物館に行って、特殊潜航艇を見た。三隻がシドニー港を攻撃して帰らず、うち一隻が引き揚げられて展示されているのである。

どうも私の無意識の中では、戦争は継続しているらしい。盧溝橋事件《ろこうきょうじけん》は昭和十二年七月に起こり、私はその年の十一月に生まれた。小学校は二年生まで戦時中。真珠湾攻撃は覚えていないが、昭和二十年八月十五日はよく覚えている。私とは無関係に始まった戦争が私とは無関係に終わった。でもまったく関係がなかったかというなら、むろんそうではない。無意識はしっかりそれを記憶していて、俺の戦争は終わっていない、と主張しているのであろう。だからサンフランシスコ平和条約の中身も読んだことはないし、それについて考えたこともない。勝手に戦争をやめやがって。一億玉砕のはずだったじゃないか。

私に敗戦はない。戦ってないのだから、ないに決まっている。でも不思議なことに、戦っていない戦争が心の奥底にしっかり居座っていて、戦争が終わっていないと頑張る。それが時代とともに姿を変えて、右のような書物の形で表れたのかもしれないなあ。そう感じた。

こういう読み方はひょっとすると著者たちの意図に反するかもしれない。でも「戦後」も「戦争責任」も、広義には戦争がまだ終わっていないことを意味する。そこではわれわれは一致しているのである。人は何かを「片付けたい」と思うのだが、たぶんそれは死ぬまで片付かない。それが歴史であり、生きているということなのであろう。

葬儀屋の挨拶

　今年に入って、義兄が九十三歳で亡くなり、九十一歳の姉が独り残された。娘つまり姪《めい》が二人いたが、どちらも嫁に行き、一人は一昨年亡くなり、一人が残っている。九十歳の実兄はとうの昔に連れ合いを亡くし、都営住宅で独り暮らしだが、ボケたんじゃないかと福祉センターからときどき連絡をいただく。まあ、現代では家庭の事情はどこでも似たり寄ったりであろう。かなり極端な老人社会である。連絡を受けるほうの私は傘《さん》寿《じゅ》を自分で勝手に祝ったばかり、これでも八十歳、いつ倒れたって不思議はない。まあ足腰の立つうちは、皆さんのご期待？にお応えして、ひたすら頑張るしかない。

　義兄の件で地元の葬儀屋さんに電話をした。まず名乗ったら、「いつもお世話になります」って言いやがった。うちからそんなにお弔《とむら》いを出したかなあ。まあ、元来の仕事が解剖学だったから仕方がないかもしれない。そういえば若いころに家内が「うちのお歳暮は葬儀屋さんだけね」と言っていた覚えがある。最近書いた本といえば『骸骨考』

（新潮社）だし。

以前に大阪と東京の話になって、大阪人が関東人は電話で「どうも、どうも」とすぐに言うけど、あれはちょっと気になると言った。たしかに「どうも」にはもともと否定的な意味合いがあって、「どうもうまくいかない」といった表現が普通である。じゃあ、なんて言えばいいんだと聞き返したら、「まいど」かなあと言う。でも葬儀屋さんに「まいど」って挨拶されてもねえ。その点「どうも」は間違いなく葬儀屋さん向き。「どうもこのたびはご愁傷《しゅうしょう》さま」の省略ということになる。そう思えば、なるほど普段「どうも」を使うのはちょっと気になるかもしれない。

話題は変わるが、昨年暮れから正月にかけて、英国のサザンプトンを出港して、カナリア諸島を巡る船旅に出た。とくに自分が行きたいから行ったというわけではない。家内のお付き合いだから、同行者は家内の友人の女性四人、ただし、いずれ劣らぬ姥桜《うばざくら》、私とほぼ同年配の偉いオバアサマばかり。豪華客船で優雅な旅といいたいが、要するに老人ホームの高級慰安旅行でしょうね。船中いずれを見ても年配者、外国人も歳を取るんですなあ、当たり前だけど。要するに老人の慰安旅行がグローバル化しただけ。

食事はまあホテルの食堂と思えばいい。同行のおばさんたちは注文が多い。お茶を飲むのに白湯《さゆ》を持ってこい、薬を飲むんだから、それとは別に白湯を持ってこい、パンが冷たい、温めろ。天下国家に注文を付けているわけではないから、思うようにならなくても、テロに走るわけでもない。たやすい注文だから、思えばかわいいもの。

会話といえば、まずはあっちが痛い、こっちが痒《かゆ》い。痛痒《つうよう》を感じないという成語があるが、その淵源《えんげん》がわかったような気がする。老人はいつでも痛かったり、痒かったりするのである。「痛くも痒くもねえ」と啖呵《たんか》を切っているのは、ごく普通の状況すら変化しない、その程度の些事《さじ》だということであろう。

若いころは船には酔わないという自信があった。二十歳のころ、冬の玄界灘《げんかいなだ》を小さな船で対馬に渡ったが、船中で立って歩いていたのは、私とボーイさんだけだった。ところが近年、にっぽん丸という大きな船に乗ったら、妙に気分が悪い。船酔いには酔う周波数があって、それは人によって違う。私は大きな船のゆっくりした揺れに弱いらしい。時代もあってか、元来が貧乏育ち、豪華客船なんかには合わないんでしょうね。それでも薬は嫌い、飲まずに頑張った。ところがカサブランカに到着して船が停泊した途端に、めまいが止まらなくなった。仕方がないから横になって、しばらく昼寝をしたら治癒。船が止まったら酔うという症例はあまり聞いたことがない。やっぱりヘソ曲がりか。

船酔いには人は慣れる。でも慣れたら酔わなくなるのではない。慣れた揺れには酔わなくなるが、別の周波数の揺れに酔うようになる。つまり地面が定常的に揺れるというのは変な状態だから、それに酔うのだが、慣れるとその酔いは消える。でも「揺れたら酔う」という本性は変わらない。だからある揺れに慣れると、別な揺れに酔うようになる。本性とはそういうものなんですねえ。

新年になって年始の客が来る。大方は虫好きの仲間で、世間の常識がないこと、おびただしい。四方山話《よもやまばなし》をしているうちに、「靖国神社って、戦後にできたんですかねえ」という。三人の子どもはもう大学を出てしまったという、五十代になった男ですよ。こちらは落語に出てくる横町のご隠居気分、歴史教育をしてやろうかと思って、YouTubeで「嗚呼《ああ》神風特別攻撃隊」をまず聞かせたら、前奏が鳴りだした途端、「ああ、街宣車ですね」という。そうかあ、本当の右翼を潰したのは、風俗化した街宣車なんだなあ。

なにをとりとめのないことを書いてきたのか。八十歳まで、あっちを見たり、こっちを見たり、世間に合わせて生きてくるのは、大変だったってことですよ、要するに。過去を生かそうとする人もいるし、未来を創ろうとする人もいる。どちらも間もなくお墓に入るんですけどねえ。

老人が暮らしにくい世の中

お葬式の形が変化してきている。現在の状況は鵜飼秀徳《うかいひでのり》『無葬社会』（日経ＢＰ社）にその詳細が記されている。多くの人はお気付きかもしれないが、いまではいわゆるお葬式が全国的に見ても半数を切った。東京のような都会では、葬儀をせずに火葬場に行く直葬、さらに身内だけが集まる家族葬を含めると、葬儀のほぼ八割を占めるという。

今日も連絡があった。かつての同僚が亡くなり、お弟子さんたちが集まって、偲《しの》ぶ会が行なわれた。遠方だったので私は欠席したが、追悼文を寄稿したので、それを読んでくださったという。こうした形の葬儀がたしかに増えた。家族葬でお坊さんを呼んで読経してもらい、必要を感じれば、あとで「偲ぶ会」をやる。いまでは、これが普通になったのかもしれない。

社会の状況が変化したのだから、それで当然である。ただその意味を考えると、話はそう簡単ではない。いったい社会の何が変わったのか。死によって社会からその人が欠ける。そのことの意味が軽くなったのか。

現代は何でも計測して、数字にする時代である。では、人の社会的な重さはどう測ればいいだろうか。おそらく多くの人がそれを嫌がるのではないか。ダッカ事件のとき、当時の福田赳夫《たけお》総理は「人命は地球より重い」と言った。人命は尊重されても、人自体はどうだろうか。生きてりゃいいだろ、で終わりか。末期医療の状況を見聞きしていると、そういう気がしないでもない。

この話題では、いつも江戸時代のことを考える。新井白石の『折たく柴の記』には、白石がまだ若かったころに、河村瑞賢《かわむらずいけん》の家から養子に来ないかという誘いがあったことが記されていたはずである。いまでいえば高校生くらいの、浪人の子どもに、どうしてそういう口がかかるのだろうか。人の能力が大切だったからに違いあるまい。鵜《う》の目鷹《たか》の目で、隠れた才能を探していた。そうとしか考えられない。だからこそ、暦《こよみ》の安井算哲《やすいさんてつ》（冲方丁《うぶかたとう》『天地明察』）であり、地図の伊能忠敬だった。

いまでは、ほとんどの人は交換可能になった。あの人がいなければ組織が成り立たない。あるいは、ある事業ができない。そういうことはなくなったようである。誰でも代わりがいる。組織人とはそういうことであろう。それで社会は安定する。でももちろん、それには裏がある。人それぞれの掛け替えのなさが失われた。葬儀にもそれが見えているのと違うだろうか。べつに誰かが欠けても、世間は十二分に動く。

　折から、金正男《キムジョンナム》暗殺事件が大きく報道されている。こういう形で個人が重要になる社会も困ったものである。「その他大勢」にはまったく価値がない代わりに、特定の人物に焦点が当たる。その半面、近代社会ではテロが起こる。誰彼構わず、被害者が出る。オウム真理教の地下鉄サリン事件から二十年以上が経った。

　他方、シリアの空爆で、何人の被害者が出たのだろうか。五〇〇万人以上の難民が出たのも、無理もない。自分の国くらい、自分たちでなんとかしたらいい。そう思う半面、私も頭の上から焼夷弾が降ってきた世代だから、そういうときには逃げるより仕方がないじゃないかとも思う。どちらが爆撃したかなんて、爆弾の下に居るものにとっては意味がない。当たり前だが、爆弾は誰彼を区別しない。核爆弾に至っては、もはや話にならない。

　歳を取ったせいか、元からか、よくわからないが、抽象的にものを考えるのは、面白くなった。虫の顔を見ているのが楽しい。普通の老人なら、孫の顔かもしれない。結局、具体的なもので人は生きる。具体的とはどういうことか。感覚から入ることである。ただし現在は情報化社会で、情報も感覚から入力されるが、ただちに「意味に変換されてしまう」。そこが問題だと、お気付きだろうか。

山歩きが流行している。山で感覚から入力されてくるものには、意味がない。石ころにも木の根にも、風にも日の出にも、要するに意味はない。意味のないものに、現代人はあこがれる。なぜかといえば、身の回りに意味のあるものしか置かないからである。一度、オフィスの中を点検してみればいい。そのどこに「意味のないもの」が置かれているか。「生きていても意味のない」人たちを一九人、殺害した事件を思い出してほしい。(注1)世界を意味で満たすことは、じつは恐ろしい社会を創り出すことなのである。

葬儀もその詳細を見ていると、意味がわからないものである。お経なんて、普通の人にはそもそもまったく意味不明であろう。臭《にお》い消しをいくらでも売っている時代に、線香をなぜ焚くのか。お布施とは、いったい何の対価か。でも人が死ぬことも、じつは意味不明なんだから、それでいいのである。意味の外の意味、現代人のケチな合理性は、ひたすらそれを撲滅しようとする。禁煙しましょうかね。ともあれ、老人には暮らしにくい世の中になりましたなあ。葬式に行くにも、新形式だと、あれこれ考えなきゃならないのである。疲れるなあ。

（注1）　相模原障害者施設殺傷事件。二〇一六年七月、神奈川県立の知的障害者福祉施設「津久井やまゆり園」に、元施設職員の男が侵入し、刃物で一九人を刺殺、二六人に重軽傷を負わせた戦後最悪の大量殺害事件。犯人は、障害者は「税金の無駄」であるから殺害すべき存在だと主張していた。

半分死んでいる

先月の土曜日に久しぶりに東京農業大学に行った。ここには昆虫学研究室があるので、たまに勉強に行く。一服しようと思って屋外の喫煙場所に向かったら、学生が寄ってきて「養老さんじゃないですか、生きてたんですか、もう死んだと思ってました」という。いくら若者でも、それじゃあ少しひどいと思ったのか、「もう歴史上の人物ですよ」と付け加えてくれましたね。

要するにそういうことなのである。本人はまだ元気で頑張っているつもりかもしれないけれど、実情はすでに死亡済み。そう思えば気楽なもので、先行き世界がどうなろうと、私の知ったことじゃない。真面目な論考がいくつも出ている雑誌の巻頭でこんなことを言っては申し訳ないが、読者のなかにもすでに死亡済みの人はきっとおられるに違いない。

思えば私も亡くなった方々にご縁がありましたなあ。解剖学だから、それはそれで仕方がなかった。思い出す人といえば、いまでは故人のほうが多くなったと違うだろうか。それなら私が住んでいる世界は、すでにあちらのほうである。今朝も建長寺の雲水たちが立ち寄って、門前でお経を詠《よ》んでくれた。先代のネコは托鉢《たくはつ》のお坊さんたちが来ると、飛び出してきて、足元でしっかりお経を聞いていた。いまいるネコは二階に上がって、部屋の隅で警戒心を顕わにして、すっかりおびえている。数人の人が来て、節を付けて大声で何か詠《うた》うのだから、そりゃあびっくりしても無理はありませんね。普段家の周囲でうるさいのはウグイス、あとはコジュケイにタイワンリスだから、いまいるネコはヒトの大きな声は聞いたことがないのである。

長年政治嫌いを標榜《ひょうぼう》してきたが、近頃は政治も気にならなくなった。嫌いなのは好きと同じで、向きは違うが関心は強いのであろう。その関心がなくなってきたから、政治も気にならない。あんなことに、よく一生懸命になるよなあ。そう思うのは相変わらずだが、それでもそのお付き合いがさして苦にならなくなった。面と向かって、政治家にバカらしいとも言わなくなった。

歳を取ると、むしろ宗教に近づく。これは実際にそうだと思う。そうでないと、なんだか生臭い感じがする。この世での要件はあらかた済んでしまったのだから、あとは後《ご》生《しょう》を願うばかり。欧州の墓を巡ると、時に墓碑に写真が埋め込まれている。若くして亡くなった人であることが多い。美しいときの姿のままで残しておきたいという家族の気持ちがよくわかる。それと同時に、なんだか生臭いなあと思う。日本の墓地の良さは、その意味で浮世離れしているところかもしれない。あっちはあっち、こっちはこっちだから、写真なんかをお墓に貼り込もうという気がない。さっぱりと切れている。

若者がときどき亡くなる。家族がやりきれないのは、よくわかるような気がする。だからあれこれ言ってみたりするのかもしれないが、亡くなった人を戻すことはできない。冷たいようだが、それは誰でも知っている。親しい人との別離は痛み、傷である。脳科学はそうした別れと身体の外傷では、苦痛に関して脳の同じ場所が働くことを示している。子どもと死に別れた親、恋人と別れた人は、脳から見れば、大きな傷を負ったときと痛みは同じである。それは脳を調べなくたってよくわかっているから、言葉がそこでは共通している。別離はまさに心の痛みを伴う。

仲間外れにする、いじめるというのも、同じ事である。身体の痛みを伴うこと、つまり暴力は、目に見えるから禁止できる。しかし心に傷を与えないようにするのは難しい。必ずしも目に見えないからである。しかも痛みに対する感受性は、人によって違うこともわかっている。同じ傷でも、耐えられる人と耐えられない人がいる。痛がる人と、そう痛がらない人がいる。その二つがあるということは、進化の過程で、そのどちらにも、それなりの意味があったということであろう。戦前から戦中なら、身体の痛みは徹底的に我慢しろと教えた。戦後は徹底的に痛みは避けよ、与えるな、と教えている。どちらも極端であろう。実情はその中間に落ちる。私は半分は生きているが、半分はもう死んでいるのである。

中間を主張するのは、主張にはならない。何言ってんだよ、当たり前だろ、で済まされてしまう。だから政治は嫌いなのだが、私に政治的立場があるとすれば両極を排除するということであろうか。でも欧州でいま第一党になっているいくつかの党、メディアがあれを極右と表現するのはいただけませんなあ。多数派が極右とは、どういうことでしょうかねえ。商売なのに、表現に工夫が足りなすぎるんじゃないですか。

地味な仕事への対価

暖かくなってくると、山野に行きたくなる。全体が緑に変わった山を見ると、さあ行かなくちゃ、と感じる。虫捕りである。

ところが今年は動きたくない。行きたい気持ちがないわけではない。でも体がついていかない。歳だなあ、としみじみ思う。家内にもう虫捕りはやめたら、と言われる。なにしろ半世紀以上にわたって集めた虫が溜まっている。標本の数がバカにならない。これを整理して、維持管理する仕事が大変である。これ以上標本を増やして、どうするつもりか。それが家内の言い分であろう。

自分の好き勝手でやったことだから、後始末をしなければならない。標本なんか、きれいさっぱり全部捨ててしまって、余生を過ごす。芭蕉や西行の生き方が日本人の理想だとすると、溜まった虫に引きずられているのは、まだまだ欲が捨てきれていないのであろう。なるほど、無欲というけれど、欲がなくなると、生きている意味もなくなる。

そのあたりの加減がなかなか難しい。いつまで生きているのか、本人にもよくわからないからである。

この冬のあいだに、福島県いわき市の若い人が、私の標本の整理をしてくれた。古い標本を洗ってきれいにして、形を整える。一ミリほどの小さいものまで入っているのに、それを丁寧に整形、洗浄してくれる。作業は自分の家でやるので、私は標本を預けるだけである。むろん労働の対価は払う。

もともと化学工場に勤務していた人だが、勤めは辞めて、いまは仕事がない。だから喜んでやってくれる。虫が大好きで、しかも標本を作るのが好き。虫を捕るのは狩猟に近いから、もともと好む人は多い。人類の習性みたいなものである。釣り人口が多いのも、その典型例であろう。でも標本の作製となると、これは地味で、昔風にいう職人仕事である。この種の仕事は凝《こ》ると際限がない。しかも仕事の評価が難しい。質の高い、良い仕事だとわかってくれる人は少ない。

ともあれ冬のあいだにやってくれた成果を、先日届けてくれた。中身が見違えるほどになった。でもそれがわかる人は、ほとんどいない。普通の人が見たら、だからどうした、という程度のものである。私は小学校の教科書の作成にも関わっているので、教科書会社の人がモデルの子どもたちを連れて写真の撮影に来た。虫取りの様子と、標本を撮影するためである。整理が済んでいたから、私は胸を張って標本を見せることができた。子どもたちは、いずれにせよ初めて見るものだから、「こういうものだ」と思ってしまう。そのときに良いものを見せるかどうか、これは重要である。

私は東京大学で解剖学を教えていた。医学部に来た学生はまず解剖を学ぶ。だからそのときの印象は重要である。そこである種の常識ができてしまうからである。私の現役時代の大学は設備がひどかった。助教授時代には、大講堂で講義をしていると、途中で用務員が入ってきて、ダルマストーブに石炭を加える。学生が私物を入れる安物のロッカー、それが唯一、学生のための設備だったかもしれない。解剖のためには白衣や解剖道具を置く場所が必要である。それが最小限度だったわけである。

おかげで私はいまでもあまりモノを必要としない。有り合わせのもので間に合わせる癖がついている。新入生はいつでも「初めて」の状況だから、どういう扱いであろうと、それが当然というものである。それが酷《ひど》かったから、さすがに大学紛争になったのかもしれない。世間が先に贅沢《ぜいたく》になっていったのに、学生の状況は放置されていたからである。教師はいうまでもない。いまになると、そう思う。

地味な仕事が報われない。これは人類社会が始まって以来、同じなのかもしれない。他人の役に立つなら、お金になる。とりあえず役に立たないと、お金にならない。でも、標本を作製する若い人に必要なお金は、じつは微々たるものである。だってこの人も、何年も無給でいたからである。母親の年金で食べてました、という。一見地味な仕事に対価が払えるかどうか、これが文化の土台を決めてしまう。金になる仕事をすればいいじゃないか。そうとばかり思うから、世界は金で動くようになってしまう。金が先か、仕事が先か。私はそれでも仕事を優先してきたと思う。それで何とか生き延びてきた。文化財のために使える予算を小泉内閣は一割増やした。それ以降の歴代内閣はほとんど増やしていない。安倍内閣は有史以来の緊縮財政だという。最近そう聞いた。

国にお金を出せというのは、財務省は聞き飽きているであろう。だからこそプライマリー・バランスをいうのだと思う。でもそれが本当にいま大切なのか。ロンドンのあちこちにカジノがある。でも大英博物館もありますなあ。あそこには十九世紀の日本の虫まで保存されている。日本の虫を調べるには、まずロンドンに行かなければならなかったのである。私も何度か通いましたよ。

年寄りと子ども

歳を取ると、いろいろ問題が起こる。今日は歯医者に行って、珍しく「終了」を宣言された。残っている歯が少ないのだから、治療が終わるのは確率的に当然だが、とにかく痛む歯が口の中に一本もないというのは、久しぶり。年寄りはそんなことが嬉しくて仕方がないのである。

昨日は旧友の親戚が鬱《うつ》状態じゃないかというので、ご本人に面談に行った。ふつうの奥さんで後期高齢者だが、どう見てもお元気。本人は気力がないというが、むろん以前に比較しての話である。大腿骨頭《だいたいこっとう》の骨折をして、手術が済んで数カ月。それなら多少元気がなくて当然であろう。意識は気付いていないが、身体は大変なストレスがかかったわけで、あんまりじたばた動くなと暗黙に主張しているのに違いない。現代人は身体に耳を傾けるのが上手ではない。テレビで健康番組をずいぶんやるが、あれを見ていると、身体は意識で左右できると、つい思ってしまう。あれが健康にいいとか、これが健康に悪いとか言う。言っている犯人は意識である。身体ではない。

精神一到、何事かならざらん。それなら気合いを入れたら死なないで済むかといえば、身体は勝手に死ぬ。ある老夫婦のお婆さんのほうが臨終を迎えた。その連れ合いのお爺さんは「気」の研究に凝っていたので、医者に「もしかしたら効くかもしれないから、気合いを入れてもいいですか」と訊《き》いた。どうぞと言われて、「キェー」と思い切って気合いをかけたら、気合いをかけたお爺さんのほうが心筋梗塞《しんきんこうそく》を起こして亡くなった。そういう体験談を医者から聞いたことがある。

意識がいくら死にたくないと主張してもムダ。そもそもあれこれ言っている意識そのものが、出てくるにせよ、引っ込むにせよ、自分自身を左右できない。朝は勝手に目が覚める。「目を覚まそう」と意識して起きるわけではない。それができるなら、目覚まし時計は要らない。寝るときも同じである。断固決意して寝ようなんて思ったら、目が覚めてしまう。いつの間にか目が覚めて、いつの間にか寝ている。つまり意識は自分自身の出欠に関して主体性をもっていない。それなら意識は身体の従僕だが、現代人は意識がある限り、意識のほうが主体だと信じている。「意識が身体を動かす」と思っているからである。

これが本当かどうか、疑わしい面がある。脳科学では、コップの水を飲もうと思って手を出す場合、「思う」より先に脳の運動領が活動してしまっているという結果が、すでに一九七〇年代に出ている。これには当然いろいろ反論、議論があるが、私はこの結論はまあそんなものだろうと思っている。キリスト教社会では、個人の自由意思が長いこと人びとの考え方の前提になってきたから、それを根底からひっくり返すのは面倒くさい。地面が平らか丸いかみたいなもので、普段の生活なら地面は平らでいい。「じつは地球は丸いんですよ」。お客にそう説教をする不動産屋はいない。

ただし事情によっては、地球は丸いことを知らなければならない。宇宙旅行をしようと思ったら、当然であろう。意識と身体の問題も同じである。現代社会は身体を徹底して意識で扱おうとする。それなら意識について、よく知らなければならない。ところがなんと意識には、科学上の定義すらない。意識は熱でも電気でもエネルギーでもない。それが何かと訊かれたって、私は知らない。でも「科学上の定義がない」その意識が科学をやって、「科学的に証明された」などと言う。

ヒトは心と身体からできている。昔からそういうことになっている。それでいいと思うけれど、現代社会はむしろ意識つまり心でできていると言うしかない。自然科学は実験と称して事実を扱う。ほとんどの人はそう思っているはずである。

では事実とはなんだ。それを考え始めると、わからなくなる。現代の事実とはほとんど数字で、数字が抽象であることは、子どもでも知っているであろう。血圧がいくらとか、血糖値がいくらとか、私は自分のことだけど、それを知らない。知ったところで、なにも変わらない。血圧が高いなんて言われたら、余計な心配が増えるだけ。それを降圧剤で下げたとする。そうすると、体のどこかに、十分に血液が回らない場所ができてくるんじゃないか。身体は必要を感じて血圧を上げているかもしれないではないか。こういう具合で、意識の中で心配事を作り出したら際限がない。挙げ句の果てに北朝鮮の原爆まで、心配する余裕はありませんね。

久しぶりに患者さんの言い分を聞いているうちに、こういう感想になってしまった。年寄りは子どもに還《かえ》るという。身体が意識の思うようにならなくなってくる。つまり自然が優越してくる。そこが年寄りは子どもに似ているのである。世は少子化だが、同時にそれは年寄りも生きにくいことを意味しているのである。

コンピュータとは、吹けば飛ぶようなもの

ちょうど選挙（二〇一七年の総選挙）が終わった。忙しいので事前投票に行ったら、七時半からだと言われて、投票し損ねた。用紙に七時と書いてあったから、そう思い込んでいたが、じつはそれは投票日だけのことだった。投票日と事前投票日を、時間で差別化しているらしい。

以前から投票に行くのがあまり好きではない。その根本にあるのは、「数」ではないかと思う。多数決というが、私は数を信用していない。マイナンバーとか「清き一票」とか、自分が数になるのは、できれば勘弁してもらいたい。数は抽象的なもので、投票行動はそれをいわば現実化する。そこに何か詐欺めいたものがあるような気がする。お金もその典型である。お金を抽象だと意識している人は、どれくらいいるだろうか。

早くネット投票ができるようにならないかと思う。ネットのほうが投票行為の抽象性が明確になるからである。投票所にわざわざ出掛けていくのは、「現に何かしています

よ」という錯覚を強めるためではないのか。ネット投票は技術的に難しい。本人の特定が容易ではない。でもその道のプロなら、上手なやり方を考えるに違いないと思う。

うっかりすると、コンピュータがすべてを置き換える時代が来る。そんな議論が始まった。私自身はそんなことは信じていない。私の子ども時代は、鎌倉の街中を牛馬が闊《かっ》歩《ぽ》していた。若い人にそう言っても、ほとんど信じてもらえない。でも、そうだったのである。その牛馬に取って代わったのは車である。

それならコンピュータが人に取って代わっても、べつに不思議はないでしょうが。車とコンピュータの違いは何か。車は運動系としての身体に取って代わった。だからタクシーの運転手さんはつねに運動不足である。でもコンピュータが取って代わるのは、身体ではない。人の意識活動である。

都市とは意識活動の成果である。その世界がコンピュータで置き換えられるのは、ごく自然である。新聞や雑誌などは、意識活動そのものというしかない。だからネットで置き換えられる。それなら紙媒体はなくなるのかというと、なくならない。パソコンが導入されたころ、いまにペーパーレス時代が来ると言われた。いまは紙なしどころか、紙だらけである。人は、ある種の具体性から離れられない。

コンピュータはヒトに取って代わらない。意識活動の一部に取って代わるだけである。社会システムは意識的であることが多いから、それをコンピュータが取って代わる。では社会システム外の人間活動とは何か。あらためて、それが問われる時代になった。

京都、鎌倉、フィレンツェ、ヴェニス。この四カ所で今年驚いたのは、人の多いことである。数日前、台風の夜に大阪で千日前《せんにちまえ》を歩いた。誰もいないかと思ったが、とんでもない。人だらけ。こんな日は人が出ないだろうと予測して、タクシーの運転手さんも休む人が多かったらしい。おかげでタクシーを拾うのに苦労したという話を聞いた。

車が身体運動に取って代わったように、コンピュータは意識活動に取って代わる。それならわれわれは何をすればいいのか。観光客の増加はそれを意味している。暇になったから、とりあえずウロウロする。べつに何をしようというわけではない。大阪のホテルは外国人だらけ、朝食を摂りながら、ハテ、自分はどこの国にいるのかと思った。しかも部屋掃除に来る人は明らかに中国人である。コンビニでタバコを買おうとすると、番号を指示してもポカンとしている。日本語が不自由なんだなと気付く。これも中国人である。

コンピュータも移民も観光客も、いわゆるグローバリゼイションの一部である。いちばん深いところでそれを支えているのは、ヒトの意識活動である。だから私は、意識活動以外の部分に注目する。それをローカルといってもいい。

大学で解剖学を教えていたころ、講義は年に一回しかしなかった。あとは実習室で学生の指導をする。というより、実習室をウロウロする。学生は遺体と格闘しているから、ときどき質問の相手をすればいい。いまでも思う。人生とはそういうものである。自分で何かをすることであって、おしゃべりで済ませることではない。

憲法も法律も言葉である。現代人は言葉の世界に溺れている。でも、それは言葉でしかない。解剖学は人体を言語化する作業である。やってみればわかる。しかも言語化したからといって、身体自体がどうなるというものでもない。それはもともとそこにあって、ただそうなっている。そこには存在の絶対性がある。それを実感すれば、コンピュータなんて吹けば飛ぶようなものだという気がしてくる。そういう感覚をもつ人が世間に多くないだろうということは、想像がつきますけれどね。

第五章

「平成」を振り返る

ツマグロヒョウモン（写真提供：debug/PIXTA［ピクスタ］）

いまだに煮詰まっていないものは何か

まず結論を先に書く。平成には万事が煮詰まった。

エネルギーでは、再稼働はともかく、原発の新規建造は望めなくなった。福島原発の事故は、将来にわたって傷跡が残る平成の大事件であろう。あとはシェール、水力、風力、太陽光、バイオ、あらゆる手を尽くして、ボチボチやるしかない。

人口も煮詰まって、いよいよ減り出した。誰もそれを意図したわけではない。でもひとりでにそうなった。経済はここ二十年以上、停滞というより縮小である。実質賃金はここ二十年で一五％減少したという。預金に利息が付かない。金が金を生まなくなった。資本主義の終焉ともいわれる。

根本の原因は実体経済の飽和であろう。経済活動が煮詰まった。総需要の不足が言われる。つまり投資先がない。技術的な供給能力が大きいので、新規分野が発生しても、アッという間に煮詰まってしまう。スマホが好例である。売り始めてから、小学生が持つようになるまでが、平成年間に収まってしまう。

金融経済のように、お金を使う権利の移動ではなく、生活が豊かになる意味での実体経済が飽和した。生活が豊かになるのは、自然からの収奪以外にありえない。エネルギーや食糧を考えればわかる。お金に目を奪われると、それが見えなくなる。お金は単に使う権利だから、それ自体は何も生み出さない。一〇〇億円あっても、食物がなければ飢え死にする。でもお金のために、畑や作物を貧相にしていくことは、グローバルに行われてきた。そのやり方もボチボチ煮詰まった。

まだ、やろうとしている人たちがいることは知っている。でも自然は必ず報復する。それを自然災害と呼んでいるが、地震はともかく、気候変動では人為が疑われている。

というわけで、次はいまだに煮詰まっていないものは何か、ということになる。「平成とはどういう時代だったか」が与えられた設問だから、将来を論じるのは余計なお世話である。入試の答案なら減点か。でも時はひたすら流れる。ある時代を論じれば、次代に続かざるをえないのは当然である。

解答はヒト自身でしょうね。自分がそもそも何者であるのか、人生いかに生きるべきか、人類の将来はどうなるのか、それがわからなくなった時代である。というより、すべてが煮詰まったから、史上いつでもあった、その種の問いが正面に出てきた。

日本は文化国家ではない

まず年号である。この年号が発表されたときのテレビのニュースを覚えている。当時の小渕恵三官房長官が、「平成」と毛筆で書いた額を掲げて、カメラに向けた。ホウ、平成かあ。そう思ったが、それだけ。でもなぜか、これが記憶に焼き付いた。小渕さんの実直そうな見かけが、平成になんとなく似合っている。そう感じたからかもしれない。小渕元首相は私と同年だったと後に知った。あのころは私は五十歳を超え、いわゆる働き盛り、日常の仕事に追われ、新しい年号に関して特別な感慨があったわけではない。

実体でいうなら、平成という代わりに、ここ三十年といっても同じである。ただ年号が変わると、時代が変わったような気がする。その点では、元号が変わることは、元旦に似ている。元旦は他の日と特に変わりがあるわけではない。でもそうした区切りがないと、時はのっぺらぼうに過ぎてしまう。ただし元旦には季節の推移という自然の循環が基礎にあるが、年号にはそれがない。まったく人為的である。

平成七年、阪神淡路大震災があった。当時神戸在住の人が研究生として解剖学教室に来ていた。その人が震災の報告に来た際、こうなった以上は陛下に辞めていただくしかありません。そう口走ったのを覚えている。これはちょっと極端だが、年号というのは、たとえばそうした心理にも関係するのかな、と思う。古くは災厄があっても、瑞《ずい》祥《しょう》があっても、年号を変えることがあった。

現代では年号は不用だという意見もおそらくあろう。でも、煩雑とはいえ、余分なものが多層的に存在しているのが文化だとすれば、年号には文化財として保存する価値がありそうである。私は天皇制自体をそもそもそう思っている。べつに天皇制を軽く見ているということではない。文化鍋や文化住宅ではない、本来その社会にあるべきものとしての文化を、経済性、合理性、効率性、あるいはその時代の人の考えより、重視しているだけである。

天皇制は政治面から扱われることが多い。しかし文化伝統と政治は、その社会の車の両輪である。天皇制はその両輪を象徴している。政治家がおよそ文化的とは思われなくなったのは、いつごろからだろうか。間違いなく平成以前からであろう。文化庁関係の予算を一気に増やしたのは小泉内閣であり、それ以後ほとんど増えていない。文化庁関係の人にそう聞いたことがある。「小泉内閣の功罪」がネット上で論じられているのを調べてみたが、文化予算に触れたものには気づかなかった。要するに政治に比較したら、日本国民にとって、文化はどうでもいいものらしい。その意味で日本を「文化国家」ということはできない。

オリンピックを目指して、平成二十七年、スポーツ庁が創設された。それに先がけて、平成二十三年にはスポーツ基本法が制定されている。スポーツ基本法は、スポーツを通じて「国民が生涯にわたり心身ともに健康で文化的な生活を営む」ことができる社会の実現を目指すという。法律制定の背景として、「全ての国民のスポーツ機会の確保、健康長寿社会の実現、スポーツを通じた地域活性化、経済活性化、続いて二〇二〇年東京オリンピック・パラリンピック競技大会の日本開催について、開催国として、政府一丸となった準備が必要、国際公約としてのスポーツによる国際貢献の実施、国民全体へのオリンピズムの普及、開催国としての我が国の競技力の向上、健常者・障害者のスポーツの一体的な推進」を行うことが挙げられている。

スポーツ基本法をわざと引用したが、別に他意はない。この原稿を書こうと思って、私も初めて読んだ。戦前は身体強健な男子の教育は、軍に任されていた。つまるところ国家は身体を統制しようとするものなのである。子どものころから私はそれが嫌いだった。子どものころに「大きくなったら、何になりたい」と大人に訊《き》かれて、「兵隊さんはイヤ」と答えていた覚えがある。模範解答が「兵隊さん」だと心得ていたからである。単に私がへそ曲がりだっただけのことだが、この感覚はいまでも抜けていない。北朝鮮の人文字を見ると、背筋が寒くなる。文化は国家統制の対象になりにくい。

バブル時代の書評番組の報酬

平成の初めはご存知のバブルである。昭和の終わりごろから引き続いている。戦後ひたすら続いた高度成長が頂点に達した。ということは、すなわちいずれ崩壊するということである。いつまでも右肩上がりのはずがない。それがバブル崩壊時の合言葉だった。

バブルのことは、あまり語ってもしょうがない。経済が好調なことを幸福と見なせば、「幸せな家庭は一様だが、不幸な家庭はそれぞれに不幸だ」ということになる。当時私は東京大学教授だったが、給与は民間に比べたら問題にならなかった。しかも東大医学部は大学紛争の後遺症をまだ残しており、明るい状況ではなかった。当時「『公務員はバカがなるもの』と見下されがちだった」とウィキペディアには書いてある。若者たちがそう思っていたということである。

平成三年から五年がバブル崩壊だとされる。バブルが私に関係があったとすれば、大学内外のあらゆる格差にあったかと思う。いくら経済には無関係だと自分で思っていても、格差にはいやでも気づかされてしまう。一つだけ、覚えている例を挙げよう。当時、NHKテレビの3チャンネルで書評のコーナーがあった。番組の全体枠はもっと大きかったが、書評の部分は十分以下だったと思う。その報酬が五万円だった。

当時の公務員はこういう学外の仕事で報酬を得るには、大学に届を出さなければいけない。だから私は届を出し、報酬額もその通り書いた。そうしたら「報酬が高すぎる」という指示を受けた。なるほど十分で五万円は高い。でも書評はその時間だけ働けばいいというものではない。そもそも前もって本を読まなければならない。テレビ局には一時間以上前に行き、リハーサルもする。しかも自分の言い分を作者に聞かれても、相手が十分に納得するような内容でなければならない。さらに本の選択自体が私自身の評価にもなる。単なる読書の感想ではない。そのうえ自分で要求した謝礼ではない。いわば相手が勝手に出しているのである。いまでも新聞書評を書いているが、報酬は五万円以上である。金額はどうでもいいのだが、事務局はたぶん時間給の感覚で評価したのであろう。

これ自体はバブルの問題ではない。でも当時の公務員がもっていた金銭感覚がわかると思う。私はそれを批判しているのではない。当時、証券会社に入社したての女性のボーナス額を聞いて、びっくりした覚えがある。大学の事務局としては、世の中を糺《ただ》す気分すらあったのかもしれない。それにＮＨＫとしては高い報酬だった。いまでもそう思う。

学術や文化は金額では評価できない。絵画の値段を考えてもわかるであろう。当時から私はテレビに出ていたが、その理由は世間への広報である。いわば地味な分野で仕事をしていたから、ある種の広報が必要だと常に感じていた。だから平成七年、日本解剖学会百周年記念の一部として、東京大学総合研究資料館（現在の東京大学総合研究博物館）で人体標本の展示を行い、同年「特別展　人体の世界」を国立科学博物館で行った。これは世界で初めての人体標本の一般公開だった。先日はこのことでＢＢＣのラジオ・インタビューを受けた。この番組は過去の事件を追憶するものだというから、最初の人体展も、もはや歴史の一部になったらしい。

その後、独立行政法人になって、大学もずいぶん変わったはずである。私は世間と折り合わざるを得なくなったのだと見ている。大学人からは、大学はダメになったという意見しか聞かない。研究論文の数についても、ＧＤＰと似たようなもので、世界的に見ればひたすら低下している、という。その理由を追及する気もない。問題は何かというなら、評価であろう。世界的な評価というのは、いちばん一般的な評価ということである。いちばん一般的な評価とは、学問の評価ではない。一般的とは世間並みということだからである。「世界での世間並み」を追求する評価制度の下では、優れた学問は生まれない。そんなこと、当たり前である。学問は軍拡競争ではない。勝ち負けでもない。

もともと一人で荒野を行くしかない。途中で倒れたって、自業自得にすぎない。

オウム真理教からハリー・ポッターへ

平成七年は、個人的には節目の年だった。私の平成はここから始まる。そんな感じがしている。三月末日に学生時代からそのまま続けて勤務した東京大学を辞めたからである。勤務先も役職も、なにもない。フリーターとして世間に初めて出たというべきか。しかもその十日前、母が九十五歳で死んだ。父は戦争中に死んでいるので、五十七歳で両親を失ったことになる。

さらにこの年、社会的には地下鉄サリン事件があった。世相の変化、若い世代の将来を暗示する、奇怪な事件だった。経済では定期預金の金利が〇・五%くらいに落ちた。いま思えば、バブル崩壊がはっきりした時期である。預金の金利は、その後はほぼゼロで推移している。「失われた二十年」という表現があるが、経済的にはまさにそうである。ただしその前提には、経済は成長を続けなければならない、という信念がある。ともあれ、社会的にも、この年あたりが節目だと見てもいいであろう。ただいま現在の社会状況が始まった時期だからである。

思えば、オウム真理教事件はじつに不可解な事件だった。当時何度か論評したことがある。しかしいまだに多くの疑問が残っている。背景にはまず、それ以前から続いたオカルト・ブームがある。ユリ・ゲラーのスプーン曲げは記憶している人が多いであろう。これは昭和四十九年、一九七四年のことである。その後臨死体験が別なブームを起こした。当時私は現役で、週刊誌から何度か電話取材を受けたことを記憶している。そうした傾向の行き着いたところが、オウム事件だったのであろう。そう感じている。

こうしたカルトの流行を、私はくだらないと思っているのではない。むしろ人はそういう現象に魅かれる。たとえばキリスト教の基本の一つは、奇跡の存在である。ただそうしたことがわれわれに教えてくれるのは、われわれの意識の頼りなさである。日常的に意識を信頼するのは、とくに現代社会がそれが可能になるように、まさに意識的に設計されているからである。その中にスッポリ浸かってしまうと、逆にどこかでそんなはずはないと思い始める人が生じる。それがカルトに魅かれる背景であろう。それはヒトの性質あるいは癖だというしかない。

臨死体験を神秘体験だとする考えに私が反対するのは、普通はそうした主張もふたたび意識の産物だからである。臨死体験を理性的つまり意識的に説明するなら、脳科学のいうことのほうが当然ながら筋が通っている。しかしそもそも理性的に神秘体験を説明することはできないはずである。なぜなら神秘体験だからである。説明できるなら神秘ではない。

別な言い方をすれば、真の神秘体験は理性的に説明可能な現象とは、レベルが違うできごとである。アルファベットを考えたらわかるであろう。D、O、Gを並べて書けば、英語ではイヌである。しかしアルファベットのどこにも、イヌは含まれていない。文字を並べた途端、イヌが生じてしまう。それは頭の中の話だろ、と思う人もあろう。でもあなたの考えることは、すべて頭の中の話である。そこにレベルの違いがあることを、私は指摘しただけである。それを無視すると、ムダな議論をすることになる。

オウム真理教を頂点とするカルト・ブームは去った。しかし人の本性は変わらない。それが世界的なハリー・ポッター・ブームに引き継がれたのだと私は思う。発行部数は四億五〇〇〇万冊を突破したと聞いた。理性的な意識を中心とする現代社会の文学は、ファンタジーを希求する部分を、いわば下等なものとしてそぎ落としてきた。マンガやファンタジーの流行の裏には、それがある。両者はともに、ジャンルそのものが最初から仮構であることを明示している。そこが重要なのである。そこでは人は安心して仮構の世界に浸る。宗教の大きな機能がそこにあったが、意識的な社会は宗教という形をなし崩しに壊してきた。平成という時代はその頂点であるのか、まだこの意識寄り傾向が続くのか、私は判断できない。

信じる方がバカ

世界に目を向けると、ここでは二つの事件が目立った。平成九年のダイアナ元妃の交通事故、十三年のアメリカの同時多発テロである。どちらも公式見解が疑われているが、同時に公式見解以外の見方はしばしば陰謀説として片付けられる。ここにもファンタジーと事実の間の現代の混乱が認められるように見える。政治的事件がいわばファンタジーと関わってしまう。

個人的には私は、どちらの事件についても、始めから公式見解を信じていない。それは昭和二十年八月十五日を知っているからである。多くの人が純粋になにかを信じ、命がけになって行動する時代ですら、その根拠が真っ赤なウソに近いことがある。それを小学校で学んでしまった。ましてああいう特殊な二つの事件に裏がないはずがない。とくにブッシュ政権は、その後大量破壊兵器についても、フセインとアルカイダの関係についても、ウソをついたことがはっきりした。ネオコンは「正しい政治上の目的のためには、ウソをついてもいい」という信条の人たちだから、その意味では正直だった。その種の正直な人たちの言い分を信じる方がバカなのである。

私は自分で調査したわけではないから、事実を知っているとはいわない。しかし状況を見れば、だれがどう利益を得たかは明らかであろう。状況証拠だけでは、司法上の断罪はできない。司法は法の枠内で行われるもので、こうしたテロ事件のように、いわば法の外にあるものについては、状況証拠による判断以外、私人としての意見にあり様がない。

アメリカの同時多発テロ、いわゆる9・11は、「忠臣蔵」みたいなものである。元禄の平和なご時世にテロが発生し、それが芝居にまでなっても、江戸幕府はなぜ芝居を禁止しなかったのか。それは私の素朴な疑問だった。それを解決してくれたのが竹村公太郎『日本史の謎は「地形」で解ける』（ＰＨＰ文庫）である。長良川の水利権まで絡んでいたのか。江戸時代は決して「遅れた」時代ではない。狭く、災害が多い日本の国土の、資源の制限の中で、必死に生きようとした人たちに、さまざまな方策が生まれた。それは陰謀というより、知恵と呼ぶべきかもしれない。それに比べたら、ネオコンははるかに単純、お粗末という感じがしないでもない。

何を復興というべきか

この間、地面も動き出した。平成五年に奥尻島の津波があり、続いて阪神淡路、さらに中越、東北、長野、熊本と数年おきに引き続く。地震列島とはいえ、昭和の御代はもう少し静かだったような気がする。地質学者は地球が活動期に入ったのだという。温暖化を含め、自然環境が大きく動き始めた時代でもある。

東北の大震災については、語りつくされた感がある。問題は「語り」ではなく、実行であろう。あのとき大正大学は卒業式を取りやめ、教員、学生がヴォランティアとして現地に赴いた。私は長く同大学の客員教授だったから、お手伝いのために南三陸町に行った。その後、毎年高校や中学を訪問している。

当時の南三陸町の風景で、強く印象に残っていることがある。津波に洗われた海岸近くの山林では、植林された杉林だけが津波の到達した高さまで、みごとにすべて枯死していた。広葉樹はまだ葉をつけていない時期だったから、海水を吸い上げることもなく、地中の根は生きていたのであろう。そのまま回復した。広葉樹も葉をつけている時期であれば、枯死したかもしれない。ただ杉林の場合は、きわめて統一的に枯れていたから、目立ったのだと思う。人工的とは、そういうことなのである。

震災後の「復興」について、まず感じたことがある。日本全体についていえることでもあるが、地域は過疎の傾向になっている。しだいに人が住まなくなる地域で、何を「復興」というべきなのか。南三陸町でもまず高速道路が整備され、続いて最大一〇メートルの盛り土、さらに一〇メートルの防潮堤が建造されつつある。たしかにそういうことは「できる」し、「できるからやる」のであろう。でも過疎の傾向が続くとしたら、それは何のため、だれのためか。地域が便利になるからいいのだとすれば、若者は都会に出ればもっと便利、もっと快適ではないのか。

むろんそうだからこそ、世界的に都市化が進む。いまでは世界の八割の人が都市に住むという。しかし長い目で見れば、それは続かない。なぜならエネルギー問題にぶつかるからである。日本列島はその意味では世界の縮図である。江戸時代には木材というエネルギー資源の限度にぶつかって、高度循環型の社会を作ろうとしてきた。そこへ戻れというのではない。しかし地球全体がそうならざるを得ないのである。

岩手の沿岸を自然のままに残し、自然公園化することはできなかったか。隣の気仙沼《けせんぬま》では防潮堤を造っていない。「森は海の恋人」と主張し、漁師が山に木を植えるという運動を長年やってきた、畠山重篤《はたけやましげあつ》さんがいるからであろう。そうした地域特性は、地元の人でなければ実現できない。政府が何をしてくれるか、それが問題ではない。将来にわたって自分たちが何を、どうするのか、地元の人がそれを決める。それが真の民主主義であろう。それがなければ、外の人間は手伝いようもないのである。

東北の震災は貞観《じょうがん》年間の地震とよく似ているといわれる。千年に一度の地震だった。歴史上では、そのほぼ十年後には武蔵・相模の地震が来ている。さらにその約十年後には、東南海地震が来た。そのスケジュールがそのまま繰り返されるわけではない。しかしこれを現在に当てはめると、来るべき東京オリンピックの年くらいには、東京に直下型大地震が起こって不思議はない。さらに二〇四〇年ごろ、たとえば室戸岬の沈降などからもっと具体的に予測する専門家は、二〇三八年には東南海地震が来るという。その場合の予想される被害は、東北の震災の一桁上だとされる。

気候変動と虫

気候変動に関しては、まさに平成に入る一年前、気候変動に関する政府間パネル（IPCC）が設立され、平成二年に第一次報告書が出された。平成十九年にはアル・ゴアとともに、ノーベル平和賞を受賞している。平成は気候変動に関する議論とともにあったというべきか。

個人の実感としては、気候変動とともに、虫の変化がある。私の住む鎌倉でも、いちばんふつうに見られるチョウは、アカボシゴマダラとツマグロヒョウモンになった。アゲハならナガサキアゲハ。どれも元来南のチョウで、アカボシは奄美、ツマグロは箱根以西、ナガサキは紀伊半島より西というのが、私の子どもの頃の三種の分布だった。それなら地球温暖化によるのではないか、というのが一般の感想であろう。そうかもしれないが、おそらく話はそう単純ではない。ツマグロヒョウモンの場合には、スミレ類が食草である。これがパンジーを食べるようになったからというのが、むしろ専門家の意見である。パンジーなら、いたるところに植えられているからである。

虫が減ったことも、付け加えておくべきであろう。原因は多岐にわたっていると思われるが、要するにすっかり虫が減った。昭和四十年度くらいからの傾向で、いまやほとんど末期症状だと私には見える。種類数より何より、まず数が減った。五月蠅をウルサイと実感する人など、もはやいない。五月蠅と書いて「珍しい」と読むしかない。よほどの虫好きでなければ、虫が減って悲しむ人はあまりいないと思う。でも虫が減るということは、自然が変化していることを意味する。その変化の真の意味に人類が気が付くのは、ずっと先のことであろう。

実際に生きものを扱っていると、なんとも奇妙な生き方をしている、と感じるようになる。ファーブルの感嘆は、いまだに生きている。そうした複雑な面などは「ないこと」にして、科学技術が進んできた。宣伝になるが、同一化の進展について興味のある方は、私の近著『遺言。』（新潮新書）でもご覧いただければ幸いである。

エネルギー事情から目は離せない。原発事故は平成の大事件の一つである。ただでさえ可住域が狭い日本列島に、万年単位で住めない土地を作ってしまった。原発ゼロは望ましいことだが、石油を中心とするエネルギー事情はどうなるのか。ハバート曲線を世界に当てはめると、二〇三〇年にはピークに達するといわれている。石油産出がその時点で頂点に達する。もはや石油産出量は増えない、減るだけ、ということである。原発関係者はそれまではじっと我慢の子であろう。ただしその時点までにまた事故を起こせば、もはやそれまでである。

シェール・オイルの本格的な発掘は平成に入ってからである。すでに第一次オイル・ショックの時期に、シェール・オイルの埋蔵量は大きいことが指摘されていた。ただ砂混じり原油なので、採掘のコストが高いから、石油価格が高くなるまでは採掘できない。そういう話を『サイエンティフィック・アメリカン』で当時読んだことがある。要するにわかっている人にはわかっていたわけで、この種のいわばわかりきった未来を政治家や官僚はしっかり把握すべきであろう。私はそれを参議院の役割にしたらと、かねがね考えている。

ソーラーパネルの問題もある。日本はただでさえ草原が少ない。そこにパネルを置くので、環境のためのはずだったソーラーが、いわば環境破壊を始めてしまった。経済的には草原のチョウがいなくなることは、べつになんの問題でもない。そんなもの、いてもいなくても、だれも困らない。そういう人類が、この地球上でいつまで安穏《あんのん》に暮らせるのか、やっぱりそれを考える社会システムの構築が必要であろう。

総論——あとがきに代えて

書きたいような、書きたくないようなことを書いて、本一冊分になった。一冊分になったら、『Ｖｏｉｃｅ』での連載をやめていい。そういうことだったので、それが楽しみで書いてきたような気もする。

世界が縮んだなあ。書き終えて、そう思う。これが歳をとるということか。興味の範囲が狭くなり、関心をもつ話題が減った。関心自体も強くない。以前だったら腹が立ったと思うことでも、そう腹も立たない。世間とは、そんなものだ。そう思えるようになったからであろう。別に世間が間違っているわけではない。間違っているのは、自分のほうかもしれない。だけど世間と自分がズレていることだけは間違いない。ひょっとすると、そのズレが、物書きになる原動力か、と思う。世間からすれば、迷惑な話かもしれない。

先日ある講演会で、夫婦ともに先生のファンですという人から質問が出た。先生のような考え方でいると、会社で居心地が悪いんですけど。ストレスが溜まります。正直にそう言われるのである。

そうだろうと思う。私だって、この世間を長年生きて、楽だったわけではない。年中怒っていたような気がする。「勤めている間は、機嫌が悪かったわねえ」。家内はいつもそう言う。いまになれば、申し訳ないと思う。家族の誰かの機嫌が悪いのは、気になるものである。自分の機嫌が悪いだけでは済まない。家族に迷惑をかけ続けたわけである。勤めを辞めたら、自分がずいぶん楽になった。その分、家内も楽になったはずである。

いまはどうかといえば、ネコを見習っている。餌をやるのが面倒くさいが、手間といえばほとんどそれだけ。あとはネコが好き勝手にしている。私も似たようなもの、家内は今日は私に朝食という餌をやって、さっさと京都に出かけてしまった。

就職状況は売り手市場らしいが

これを書いている今は秋で、メディアは就職状況を伝えている。内定率は八〇パーセントの半ばくらい、売り手市場だという。若者の人口減で、こういうことになっているらしい。

身の回りを見渡すと、まったく違う状況が見える。虫が好きで、標本作成が大好き。そういう三十代の男がいる。親の代から勤務していた工場も辞めて、その道一筋。標本を作らせたら一流だが、そんなものを専門に作る人はほとんどいないから、世界一かもしれない。彼の問題は何か。当たり前だが、収入がない。しょうがないから、ネットで広告をして、世界中からお客を探そうか、などと考えている。ただし、うっかりうまくいって、お客が増えたとすると、自分一人では間に合わない可能性がある。そんな心配までしているから、なかなか仕事が立ち上がらない。

自分で農業法人を立ち上げた男もいる。元来は土建屋さんだが、仕事が環境破壊だというので、会社を辞めて有機農業に踏み切った。意気に感じて集まった若者が六人いるが、農業だから食べものには困らない。ただしお金がない。だから土建屋時代のコネも使い、あれこれ仕事を請け負って、それで現金を得る。この男も虫が大好きで、だから環境に敏感なのである。

専門家もいる。一流大学を出て、科学博物館で手伝いをしていたが、いまは大学に勤務している。ただし契約は一年、親分である教授の研究費が切れると給料が無くなる。私が見るところ、尋常の学者ではない。きわめて優秀。ただし専攻分野が特殊なので、学界でも一般性がないと見なされてしまう。

こういう人たちと日常お付き合いをしている。これでは世間の常識と折り合うはずがない。

自分の好きなことにどう向き合うか

昨日、一昨日は信州青木村にいた。ここには信州昆虫資料館がある。青木村で唯一の医師、小川原辰雄さんが標本と施設を寄付され、現在は村営となっている。二〇一七年の四月から八月まで、ここで鳩山邦夫追悼展が行なわれた。鳩山さんがたいへんな蝶好きだったのは、知る人ぞ知る。

じつは鎌倉蝶話会というのがあって、いまのところ隔年、この場所で会合を持つ。二〇一七年は第十一回だった。蝶話会は鎌倉で結核の療養をされていた磐瀬太郎氏のもとに集まった、当時は高校生・大学生だった人たちの会である。磐瀬氏は蝶の大家だった。そこに蝶好きがひとりでに集まった。昭和二十年代のことである。その生き残りの会だから、当然ながら老人の集まりになってしまう。でも若い人が来ないわけではない。強いて集めないだけである。

会員は医師が多い。研究者もいるし、企業を定年退職した人もいる。いずれも若いころから蝶が好きだった。でもそれぞれの分野で働き、歳をとるとともに時間ができたので、蝶の研究に戻ったわけである。磐瀬太郎氏は横浜正金銀行《よこはましょうきんぎんこう》の重役だった。

好きなことをするためには、世間と適当にお付き合いして、糊口《ここう》をしのがなければならない。私の時代には、それはそれぞれが個人的に解決することだった。では、現代はどうか。糊口をしのぐのが楽になったから、好きなことに専念したくなる。そういう人が増えたのかもしれない。でも、そこで世間とあらためてぶつかることになる。ほとんどの若者が現在は仕事に就くことができる。その状況で、自分の好きなことに対して、どう向き合えばいいのか。

昆虫館の集まりには、小・中学生も来ていた。このところ、夏になると、私はこうした子どもたちの虫採りのお相手をする。私自身がそうだが、虫採りのような趣味は一生続く可能性が高い。だから子どもの相手をする。私も小学生のときに、かつて東大や北大で昆虫標本の面倒をみておられた、三橋信二さんという方のお宅にお邪魔した。たった一度、お会いしただけである。でもそれが一生忘れられない思い出になっている。

信州昆虫資料館には、子どもを連れたお母さんが来ていた。当然ながら虫好きでは先行きが心配だという。医師にでもなってくれればいいが。私の母親もそう言っていたから、気持ちはよくわかる。だから私は医学部に入った。医師免許まで取得したが、医師の資格を使ったことはほとんどない。

現代社会から「外れている」人に注目する理由

就職状況がいいということは、いいことでもあり、具合の悪いことでもある。なぜなら就職とは、既成の社会組織に組み込まれることを意味するからである。その社会に大きな目で見て問題があるとすると、個人はどうすればいいのか。戦前の日本がいわゆる軍国主義に走ろうとしていたとき、国民は何をどう考えればよかったのか。

メディアの報道を見ればわかる。メディアの人たちも、典型的に社会に組み込まれている。だから結局はその常識で記事を書く。そのことは、戦前の新聞に目を通せば、まさに一目瞭然である。

現代なら、就職状況はいい、保育園の待機児童は多い。そういう類いの記事になる。では就職は人生を全うすることであろうか。右に挙げた私の身近な人たちはどうか。保育園の待機児童については、常に思う。理想的な保育園ができたとして、その時に親はいったい何をするのか。

私は言いがかりをつけているのではない。保育園の理事長も三十年以上はやった。そこで感じるのは、子育ての問題に現代人は本気のようで本気ではない、ということである。待機児童の存在自体が問題だ。報道を見ている限り、そう思ってしまいかねない。少なくとも政治家は、頭の中では、そう切って捨てているはずである。切って捨てられているもの、それは何か。子ども自身の、子どもとしての人生であろう。結局は万事、親の都合だからである。子どもに投票権はない。子どもは大人になることを前提として扱われている。そういう存在でしかない。世間から子ども自体としての価値が消えた。

そういってもいい。だからそれを補っているのがペットである。

少子化になるのも、無理はない。どこをどう見ても、そう思えて仕方がない。ローマ人は大帝国を築いた。しかしやがてラテン語を話す人たちは消えた。おそらく古代ローマは現代日本と似たようなものだったのであろう。

既成社会はどこに向かおうとしているのか。本書でも何度か繰り返しているはずだが、現在の日本人の常識を変えず、生き方を変えないで、そのまま経過すると、日本社会は消える。どこかでまた人が増え出すというのが、大方の意見である。そうかもしれないが、そうでないかもしれない。就職率がよく、したがって多くの若者が就職するということは、既成社会がさらに続くことを意味する。つまり長い目で見ると、日本人が消えることを意味するのではないか。

だから私は、現代社会からいわば外れている人たちに注目する。右に挙げたような人たちを見ていると、それが悪いとは思えない。むしろ世間から外れて当然ではないか、という気がしてくる。むろん困ったふうに外れている人もいる。それはいつでもあることである。だから外れろということではない。

現代の問題は一般論としての人生と、個々の人生の乖離――●

私が現役だった時代は、ともあれ進歩主義の時代だった。それに反抗して、逆を言ってみたところで、世間が先に動いてしまう。いまならスマホやコンピュータが典型である。勝手にどんどん先へ進んで、ヒトを変え、時代を変えてしまった。

その速度が尋常ではない。ドコモという会社の伸び方を考えたらわかる。それではすべてがそうなるかというと、そうはいかない。この本でも書いたけれど、要するに世間があっという間に飽和する時代になった。未来予測にさして意味が無くなったのは、そうした事情もある。予測している間に、予測できるようなことは実現してしまう。

むろん分野によっては、そうはいかない。医学・生物学が典型である。iPS細胞というけれど、実用にはほど遠い面がある。医学や生物学は、根本的にはヒトそのもの、つまり自分に関わることだから、楽観したり、悲観したりするけれど、どちらもアテにならない。私の母は小児科医だったけれど、私の病気は診なかった。重く見すぎるか、軽く見すぎるか、要するに客観性が無くなってしまう。

政治もその典型である。時評の中で何度も政治は嫌いだと書いた。知人のなかで、政治に関心の強い人もある。ただし政治上の予測は当たらない。そう本人たちがいう。それはこのことと関係していると思う。やっぱり自分が入ってくると、予測はズレてしまう。

予測なんてどうでもいい。生き方が問題なのだ。そう思うけれど、生き方はそれぞれである。つまり一般論が成り立たない。いちばん大きくいえば、現代の問題は一般論としての人生と、個々の人生の乖離《かいり》である。だからローマは多神教から一神教、つまりキリスト教になったのだなあ。しみじみそう感じるようになった。その場合、個々の人生を支えるのは、神と直接に向き合う個人である。日本の世間は当然一神教の世界ではない。そこで個を支えるには、どう考えたらいいのだろうか。

憲法改正がいわれるが、戦後に大きく変わったもので、ほとんど論じられないことがある。それは民法の改正であろう。民法は日常に関するもので、とくに家族が強い影響を受けた。家制度が廃止され、核家族になった。そうなったのは法律のせいばかりではない。それはわかっているが、法律がいわば核家族に向かう「空気」を作った。そのくせ、政治家は二代目、三代目が多い。そこでは家制度が実質的に続いているように見える。地方の医師も同じである。先祖代々という人が多いからである。

私の住む鎌倉市の隣は横浜市である。小選挙区になってから、鎌倉市と横浜市の栄《さかえ》区《く》は同じ選挙区になった。横浜市は単身所帯が三分の一を占めるという。まさに個人が四割近くを占めている。これも少子化と同じで、さして考慮がはらわれているとも思えない。そうなるんだから仕方がない。ほとんどの人がそう思っているであろう。単身でもいまは困らない。コンビニがあり、スーパーがあって、日用品には事欠かない。かつては仕事を抱えた独り者は暮らしにくかった。でも今は違う。

「人は何のために生きるのか」

ではどうすればいいのか。講演をすると、かならずその種の質問が出る。その答えには二つの方向がある。一つは個人として対処すること、もう一つは社会的に対処することである。個人については、身近な人たちにさまざまな手助けができる。あるいはできるようになりたいと思う。問題は社会である。これがまさに政治の問題で、それがあさってのほうに向いている。そう私は感じる。少子化に対しては児童手当、保育園の充実、教育の無償化などをいう。それが悪いとはいわない。でもおそらく根本の問題はそこにはない。

個々バラバラになりつつある人たち、それをどう見るのか。人の性質の多くをノイズと見なし、そうでない部分を情報として処理する。そういう世界に、現実の人間としての未来はない。医者が診るのは患者ではなく、検査結果というデータ、情報である。国は国民をマイナンバーという記号として扱う。それに関連する情報がその人だが、それ以外の部分はすべてノイズである。そうした未来を支えるのはコンピュータである。

コンピュータに仕事を取られる。そういう記事が出る。それを心配する勤め人が多いという。じゃあどう考えればいいのか。コンピュータではできない仕事をすればいい。まさにそこに「人生とは何か」という、古くからの疑問が生じることがわかるであろう。人は何のために生きるのか。かつてはそれは青臭い疑問だった。社会で本気で働いているときに、そんなことを考えている暇はない。

いまは違う。鎌倉に住んでいるとよくわかる。なんとも大勢の人たちがやってくる。

それも世界中からである。今年はヴェニスにもフィレンツェにも行った。ただしリアルト橋にもドゥオモにも行っていない。観光客が多すぎて、近寄る気にもならない。世界中の人たちに、見物をする余裕ができたのである。つまり暇になった。

そこであらためて考える。これだけ情報化が進み、しかも多くの人に時間ができた。それなら考えることは、すでに十分ではないのだろうか。思えばさまざまな規制が進み、やかましい世の中になった。ネットを見れば、議論は山のようにある。議会は法律を作り続ける。それはすべて言葉、情報である。本を書いているから、ますます思う。もはや問題は言うことではない。することではないか。

日本史にもすでにその先例はいくつもある。大塩平八郎、三島由紀夫。いずれも一種のテロになってしまった。言うだけではなく、すること。後者の方がむずかしい。努力、辛抱、根性が必要である。それが現代では人気がないことはよくわかっている。「じゃあ、どうすればいいんですか」と、すぐに訊くからである。自分の生き方くらい、自分で考えたらいかが。私はそう答える。本書が考えることの手助けになればいいが。著者本人はそう希望している。

【初出一覧】

※掲載誌はすべて月刊『Ｖｏｉｃｅ』になります。

第一章　どん底に落ちたら、掘れ

ローカルがグローバルになる　二〇一五年一月号
煮詰まっている現代人　二〇一五年五月号
人文学で何を教えるか　二〇一五年十一月号
禁煙主義者として　二〇一六年九月号
永遠の杜　二〇一六年十月号
発展祈り業　二〇一六年十一月号
虫採りと解剖の共通点　二〇一七年一月号
人工知能の時代に考える　二〇一七年五月号
虫と核弾頭　二〇一七年十一月号

第二章　社会脳と非社会脳の相克

地方消滅の対策は参勤交代　二〇一五年二月号
社会脳が不祥事を起こす　二〇一六年一月号
止むを得ない　二〇一六年二月号
持続可能社会　二〇一六年四月号
環境問題の誤解　二〇一六年五月号
人生から反応を差し引いたら　二〇一六年七月号
一般化が不幸を生む　二〇一六年八月号
人口が減る社会　二〇一七年八月号
わかりやすい世界　二〇一七年九月号

初出一覧

第三章　口だけで大臣をやっているから、口だけで首になる　二〇一五年三月号
ブータンの歯磨き粉　二〇一五年三月号
大阪都構想投票　なぜ五分五分だったか　二〇一五年七月号
言葉で世界は動かない　二〇一五年八月号
状況依存　二〇一五年九月号
米軍の「誤爆」　二〇一五年十二月号
イスラム国を生んだもの　二〇一六年六月号
デジタル社会のアナログ人間　二〇一六年十二月号
EU離脱とトランプ　二〇一七年二月号

第四章　半分生きて、半分死んでいる
殺しのライセンス　二〇一五年四月号
意識をもつことの前提　二〇一五年六月号
公が消える時代　二〇一五年十月号
俺の戦争は終わっていない　二〇一六年三月号
葬儀屋の挨拶　二〇一七年三月号
老人が暮らしにくい世の中　二〇一七年四月号
半分死んでいる　二〇一七年六月号
地味な仕事への対価　二〇一七年七月号
年寄りと子ども　二〇一七年十月号
コンピュータとは、吹けば飛ぶようなもの　二〇一七年十二月号

第五章　「平成」を振り返る　二〇一八年一月号

「総論――あとがきに代えて」は書き下ろしです。

PHP新書

PHP INTERFACE
https://www.php.co.jp/

養老孟司［ようろう・たけし］

1937年、鎌倉市生まれ。東京大学医学部卒業後、解剖学教室に入る。95年、東京大学医学部教授を退官し、同大学名誉教授に。89年、『からだの見方』（筑摩書房）でサントリー学芸賞を受賞。

著書に、『唯脳論』（青土社・ちくま学芸文庫）、『バカの壁』『「自分」の壁』『遺言。』（以上、新潮新書）、『本質を見抜く力――環境・食料・エネルギー』（竹村公太郎氏との共著）『日本のリアル』『文系の壁』（以上、ＰＨＰ新書）、『京都の壁』（ＰＨＰ研究所）など多数。

半分生きて、半分死んでいる

ＰＨＰ新書 1132

二〇一八年三月一日 第一版第一刷
二〇一八年三月二十一日 第一版第二刷

著者――養老孟司
発行者――後藤淳一
発行所――株式会社ＰＨＰ研究所
東京本部――〒135-8137 江東区豊洲5-6-52
第一制作部 ☎03-3520-9615（編集）
普及部 ☎03-3520-9630（販売）
京都本部――〒601-8411 京都市南区西九条北ノ内町11
制作協力 組版――アイムデザイン株式会社
装幀者――芦澤泰偉＋児崎雅淑
印刷所 製本所――図書印刷株式会社

ISBN978-4-569-83756-7

ＰＨＰ新書刊行にあたって

「繁栄を通じて平和と幸福を」（PEACE and HAPPINESS through PROSPERITY）の願いのもと、ＰＨＰ研究所が創設されて今年で五十周年を迎えます。その歩みは、日本人が先の戦争を乗り越え、並々ならぬ努力を続けて、今日の繁栄を築き上げてきた軌跡に重なります。

しかし、平和で豊かな生活を手にした現在、多くの日本人は、自分が何のために生きているのか、どのように生きていきたいのかを、見失いつつあるように思われます。そして、その間にも、日本国内や世界のみならず地球規模での大きな変化が日々生起し、解決すべき問題となって私たちのもとに押し寄せてきます。

このような時代に人生の確かな価値を見出し、生きる喜びに満ちあふれた社会を実現するために、いま何が求められているのでしょうか。それは、先達が培ってきた知恵を紡ぎ直すこと、その上で自分たち一人一人がおかれた現実と進むべき未来について丹念に考えていくこと以外にはありません。

その営みは、単なる知識に終わらない深い思索へ、そしてよく生きるための哲学への旅でもあります。弊所が創設五十周年を迎えましたのを機に、ＰＨＰ新書を創刊し、この新たな旅を読者と共に歩んでいきたいと思っています。多くの読者の共感と支援を心よりお願いいたします。

一九九六年十月

ＰＨＰ研究所